ちくま文庫

日本語で読むということ

水村美苗

筑摩書房

日本語で読むということ　目次

I　本を読む日々

Ⅲ　私の本、母の本

Ⅳ　人と仕事のめぐりあわせ

日本語で読むということ

I

本を読む日々

「善意」と「善行」

文学は善行を奨めるものである。

笑う人もいるかもしれないが、私は、それが、文学の重要な役割の一つだと思っている。善行はこの世では必ずしも報われない。人類はその事実を知りすぎるほど知っている。それで、現実世界で帳尻が合わない分、物語を語り、宗教を生み、文学を書き、言葉の力を頼んで、その帳尻が合わない分をなんとか埋め合わせようとしてきたのである。可哀想にと助けた乞食が本当は百万長者だったという話を作ったり、慈善とはあの世に宝を積むことだと説いたり、読者だけにはその崇高さがわかる主人公を小説に描いたりしてきたのである。そして、報われなくとも、善行を積むよう、互いに励まし合ってきた。

だが、善行にも微妙なものがある。

まずは、「大晦日のお地蔵様」の話。

新年号にふさわしい。

誰でも知っている日本の童話で、昔むかし大晦日の日、貧乏なおじいさんが、編んだばかりの笠を五つ抱えて町へと出かける。売って正月の餅米を少し買おうというのである。道中、雪がこんこんと降っている。ふと見ると道ばたに六つのお地蔵様が寒そうに立っている。おじいさんは、これは気の毒だというので、編み笠を一つづつお地蔵様の頭の上に載せ、さらに自分のも脱いで、六つ目のお地蔵様の上に載せ、手ぶらで家に戻ってしまう。それを聞いたおばあさんは、それはそれは善いことをしたと喜ぶ。夜中、ずしんずしんと大きな音がするので驚いて外を見ると、六つのお地蔵様が大きな袋を抱えてやってくる姿が月明かりにみえる。そして、家の前にその袋をどさりと置くと、また、ずしんずしんと帰っていく。袋にはなんと餅米がいっぱい入っていて、そのあと、おじいさんとおばあさんはたいそう金持になったとさ。

という物語で、善行を奨めているようだが、そこには何か別のものがある。「浦島太郎」のように悪童らが虐(いじ)めている亀を助けたり、「鶴の恩返し」のように罠にかかって苦しんでいる鶴を逃したりするのは、善行の範疇に入る。だが、雪が寒いだろうと、石で出来たお地蔵様の頭に編み笠を載せるというのは、善行というよりも、本来ならば、むしろ、愚行である。それでいて、お地蔵様が雪の中にずらりと並んでいる感じや、夜中に地鳴りをさせて動いてくる感じが面白いうえに、どこか深いところのある、優れた童話である。善行を奨める物語だというだけでなく、それと同時に、ありがたいものを、何の疑いもなく、ひたすら信じることの美徳を謳った物語だからではないだろうか。亀を助けたり鶴を逃したりするのは強者が弱者に施す善行である。だが、おじいさんにとって、お地蔵様は弱者ではない。ありがたいものを前にへりくだった心で、あれまあ、お気の毒にと、編み笠を載せたのである。

そこにあるのは衆生の信心である。

まったく関係ないようだが、最近聞いた話がある。聞いたといってもアメリカのラジオ番組をiPodに入れてのことである。家の用をするときは、イヤフォンで何か英語のものを聞きながらするのだが、最近は小説を離れ、もっぱら「フレッシュ・エアー」というラジオのインタビュー番組を聞く。テリー・グロスという女の人が世にも稀な聞き手なのに加えて、大統領、ジャーナリスト、警察官、兵士、ミュージシャン、学者などさまざまな職種の人が登場し、アメリカ人は小さいころから自分の考えを言葉で明確にする訓練を受けているので、受け答えが実におもしろい。

テリーが男を紹介するのに「quadriplegic（全身麻痺、あるいは四肢麻痺）」という言葉を口にしたとたん、微かに体がこわばった。人間の恐怖はいくつかあるが、四肢麻痺になるというのは、その恐怖の中でも、もっとも強いものの一つであろう。四肢麻痺は、事故によって突然になる。一瞬にして、今まで歩いていたのが、一生車椅子の生活になる。歩くのはおろか、手洗いに一人で行くのもできなくなることがある。明日我が身に降りかかるかもしれない災難なのである。

インタビューされた男も、交通事故が原因であった。反対側を走っていた超大型トラックの車輪が軸ごと外れて飛んできたのを見たのが最後で、気がついたら救急車で運ばれている最中だったそうである。今から二十数年前のことで、男は三十半ばであった。名はダン・ゴットリーブという。事故の前から心理学者だったというが、町角で小さな店でも経営しているような、気取りのないしゃべり方をした。ごくあたりまえの、ややしゃがれかかった、初老の男の声であった。

やがて自分の首が折れてしまっているのを知った。それがどういう意味を持つかも知った。集中治療室で首を固定され仰向けに寝ているうちに、自殺願望が男の心の中で膨れ上がっていったと言うのも、無理もない。夜、家族や友人が消え、一人残され、首を固定された男の目に入ってくるのは、集中治療室特有の煌々（こうこう）とした天井の光だけである。

一つの思いだけが募ってくる。

もう死んだほうがましだ……。

ある日も、その思いだけがベッドに横たわった全身を駆けめぐっていた。

そのとき脇から女の声がした。

看護婦である。

――先生は心理学のお医者さまでしょう？

男がそうだと応えると女は続けた。

――死んだほうがましだって、そう思ったりすることって、よくあるんでしょうか。

そう、自分は心理学の医者だったんだと男は我に返った。そして、看護婦に向かい、勤務が終わったところで話をしに戻ってきたらどうかと応えた。看護婦は夜中に戻ってきて長い間彼に話をした。

女の話がどういう内容のものであったかはわからない。

ただ、彼女が去ったあと彼は思ったという。

I can live with this.

「こんなサマになっても生きていける。」

男の家族も友人もなんとか彼を励まそうとする善意に溢れる人たちであった。だが、それらの人たちは、彼をわずかでも救うことはできなかった。逆に、一人の看護婦から救いを求められ、彼自身が救われたのである。

その看護婦が優しくて聡明で想像力の豊かな女だったとは思えない。どこかで、身勝手な女だったように思う。少なくとも、その晩は、自分の不幸で頭がいっぱいで、身勝手になっていたのにちがいない。首を固定されてそこに寝転がっている男、これから一生歩くこともできないのを知ったばかりの男、どう考えても自分よりは不幸な男に向かって、自分の不幸をせつせつと訴え続けたのであるから。

だが、その女の身勝手さが男を救ったのであった。自分が救いを求めれば男が救われるかもしれないと、そんな殊勝な思いが、もしほんの一分でも女にあったら、男は救われなかったであろう。女は、男の状況なんぞは顧みず、心理学のお医者様ならきっと自分を助けてくれるであろうと、ひたすら男に救いを求め、それが男を救ったのである。

その行為には善意のかけらすらない。だが、医者たるべき者のもつ力を疑わないという点において、どこか、衆生の信心とつながるものがある。そして、女にひたすら救いを求められたその晩を境いに、男は、まさに女が男に求めたものへと転身し始めたのである。つまり、衆生を救う生き仏――しかも、まさにお地蔵様のように、動けない生き仏へと徐々に転身し始めたのである。

男はたんに心理学の医者として復帰しただけではない。男の口から出る言葉はさまざまな不幸を抱えた人々に救いを与え、評判は評判を呼び、やがて男は心理学者として電話で悩みの相談を受けるというラジオ番組をもつようになった。アメリカ中の不幸を抱えた人々がいつのまにか彼に救いを求めて電話をかけてくるようになり、そのラジオ番組は大人気で賞を受けるまでになった。

事故の前はふつうの出世欲があったという。事故に遭って初めて、それまでの自分は、自分が本来生きたかった人生、生きるべきであった人生を生きてこなかったのを、悟ったという。事故に遭って初めて、本来、自分はこうあるべきであったという人間に、知らず知らずになっていったという。

もとから不幸について深く考えることができる、宗教的な資質をもっていた人間だったのであろう。男は、自分の父親の不幸を語った。動けない息子をじっと見ているしかない父親の不幸は、動けない息子自身の不幸よりもずっと深いと。また、心に傷を負った人間を癒そうとしてはならないとも語った。心に傷を負った人間として、そのまま受け入れなくてはならないと。しゃべりかたは終始ユーモラスで、冗談も言えば、冗談を言いつつ、こらえきれない笑い声さえ聞こえてきたが、口を出てくる言葉の一言一言、天から宝石がぱらぱらと降るように叡智に満ちたものであった。仏やキリストを含むさまざまな賢人の周りに自然に人が集まり大きな輪を作っていったのも、このような言葉に救いを求めてのことだというのがよくわかった。

医学的には脊髄のどこが折れたかによって、対麻痺（足だけが麻痺している状態）か四肢麻痺（手足が麻痺している状態）かに分かれるそうである。男は四肢麻痺の中ではずいぶんと恵まれたほうで、胸から上は動く。かなり両手が使えるらしい。だが、四肢麻痺の人間は腎臓障害をきたすのが宿命で、男の腎臓も年々機能が低下しているという。現代医学の進歩で奇跡的に三十年近くも生きたが、今や毎日が死と隣り合わせで、体は苦しい。また、歩けないことに対する悲しみからは、今も解き放たれておらず、折々抑制がきかないほど泣くことがあるという。だから心も苦しい。それでいて男は自分の魂は安らかであると言った。

こんな男なら、あの晩、看護婦に救いを求められなくとも、一カ月先、あるいは一年先、どこかで、何かをきっかけに、同じような方向へと自分を持って行くことができたかもしれない。衆生に救いを与えられるような人間へと転身していったかもしれない。だが、その前に自殺していた可能性もある。両手が利けば自殺は不可能ではない。

この話に考えさせられたのは、自分があの看護婦だったら、あんな状況で決して男に救いを求めはしなかっただろうと思うからである。そこまでの不幸を経験したことがないからかもしれない。だがそれよりも、「心理学のお医者様」などという権威を真に受けることがないからであろう。私は男を弱者としてしか見られず、自分の不幸をさておいて、善意の塊りになっていたにちがいない。その結果、男は自殺してしまっていたかもしれない。

私は、ここで、いわゆる、衆生の信心の尊さを謳いたい訳ではない。ひたすら信じるという美徳は、場合によっては、悪徳に転じうる。この話が記憶に残ったのは、受けるよりも与えたいという、人間を人間たらしめる精神の本質について考えさせられるからである。それと同時に、善意がないことのみが、結果として、善行につながるという不思議——人間の意図と結果の不思議について考えさせられるからである。「大晦日のお地蔵様」の話では、ひたすら善かれと思う善意の強さが、愚行でさえ善行に変える。ところが、実際の人生は、私たち人間の、善かれという思いも悪しかれという思いも平気で覆して、黙々と時を刻んでいく。

文学は善行を奨めるものである。

だが、厭(いと)わしくもまた廻りくるお正月を前に、ある物書きの女がこの話を聞き、このような善意と善行のパラドックスも承知した上で物を書かねばとしみじみと思った……とさ。

パンよりも必要なもの
——文学全集の愉しみ

　今思えばあれは児童文学という類いに入るものだろうか。全集に入っていたからこそ、一冊一冊の差がかえって記憶に鮮明である。一冊ごとにちがう国の話があったり、ちがう挿し絵があったりするのが愉しくて、小さいころ繰り返し読んだ。それはまさしく「文学全集の愉しみ」であった。そのあと私は両親に連れられて異国の土地に渡った。そうして学校をずる休みしながら、家にあった日本の文学全集を繰り返し読む日が続くことになった。だが、そのときの体験は愉しみという言葉で語るにはあまりに切実なものだった。

　『續明暗』が出て、当時の読書体験をよく聞かれるようになった。そのたびに私は、異国で日本の文学を読むのは「お菓子を食べるように愉しかった」と答えてきた。だがこうして考えてみればこの表現は正しくない。「パンを食べるように必要だった」というべきであった。いや、パンを食べるよりももっと必要だったというべきであった。「人はパンのみで生きるものではない」という聖書の言葉は「神の言葉で生きるものである」と続くのである。当時の私にとって日本の文学全集は、それなしでは生きてゆけないような何かであった。今でも文学全集というものを考えるとき、極限的な状況を想定せずにはいられない。日本という国がある日ふっと消えてしまう。そんななかで生きるのを可能にしてくれるもの——私にとっての文学全集とは、かくもおそれ多いものなのである。

美しく生きる
——中勘助『銀の匙』

美しく生きることなどについて書くにはまだ若輩すぎる……そう信じていたいので、美しく生きるということと文学とのかかわりについて書いてみようと思います。美しく生きるということはきわめて小説的な主題だからです。

『銀の匙』という小説があります。一つの作品だけで世に名を残すというのは古今東西そうあることではありませんが、中勘助はこの一作だけで、日本の文学史に名を残しました。その『銀の匙』に「伯母さん」が出てきます。

「あんまり人がよすぎるで」と借金を踏みたおした当人から嘲笑されるほど人のいい「伯母さん」は、ついに無一文となり、主人公の「私」の家の厄介ものとなって、病弱の「私」の子守をすることに生きがいを見いだしています。「伯母さん」はどこまでも根気よく子供の相手をして遊んでくれ、四角い文字などはロクに読めないかわりに信心深く、涙もろく、「私」にはかりしれない感化を与えてやさしい心をはぐくんでくれます。ところがある年、先祖の墓参りに遠い故郷に帰ったとき重い患いにかかり、そのまま田舎にひっこんでしまうのです。「私」が成長して十六歳になって訪ねると、「伯母さん」はあまりの嬉しさに、もう目もほとんど見えず足元も悪いというのに御馳走をしようと転げんばかりに買物に飛び出し、気がうわずっているせいで鰈(かれい)を二十数匹、魚屋にあるかぎり買ってきてしまうというしまつです。二人とも思いがこもごもと胸にせまりよく眠れない一晩を過ごし、それが最後の逢瀬となるのでした。

『銀の匙』が長く読みつがれてきたのは、ひとえにこの「伯母さん」の美しく生きる姿のせいだと言っても過言ではないでしょう。

「美しい」ことと「美しく生きる」ことの差——それは、もっとも露骨にいえば、美しい女の人の写真と『銀の匙』の差です。この差が文学の基本にあることは誰の目にも明らかなことでしょう。『銀の匙』の年のいった「伯母さん」がふつうの意味で美しい人だったとは考えられません。それでいてこの小説が出版されてから今日に至るまでの八十年間、彼女はまさに美しく生きた人として深く読者の心に生き残り続けてきたわけです。微妙なのは、文学の基本にあるという、この「美しい」ことと「美しく生きる」ことの差が、「表面的な美」と「内面的な美」という言葉には置き換えられないということです。

「内面的な美」という表現は、究極的には、ある人の生きざまが倫理的であることを意味するように思います。そして、倫理的であるということは、究極的には、その人の生きざまの立派さというものが万人にとって理解できるものであること、つまりその人の生きざまの価値に客観性があるということを意味するのではないでしょうか。ところが「私」の「伯母さん」の生きざまはそのようなものではありません。実際、見方によっては、彼女は一人の意気地なしの男の子を猫可愛がりするだけの無知蒙昧（もうまい）な老婆に過ぎないからです。そんな老婆の姿が美しいのは、それを美しいと思う「私」という主人公の感銘に因るだけなのです。あるいは、その感銘を中勘助という一作家の文章を通じて共有できる私たちの感銘に因るだけなのです。このように考えると、「美しい」と「美しく生きる」の差は「表面」と「内面」の差だとはいい切れません。それは二つの異なった価値の比喩、すなわち、万人にとって自明な価値と、自明ではない価値の比喩だといった方がよいでしょう。文学に即していえば、作家が書く必要のない価値と、作家が心をくだいて表さねばこの世に存在しないような、まことに捉えどころのない価値の比喩だといえるのかもしれません。

文学などというものはなんの役にも立たないものですが、端（はた）からみればどうでもいいような存在に光をあて、「美しく生きる」姿を人に知らしめること——それが、その小さな使命の一つなのではないかと思っています。

ほとばしる凝縮された思い出
——吉川英治『忘れ残りの記』

吉川英治の本が家の本棚にあった。小さいころ愛読した『宮本武蔵』は、じきに読まなくなったが、自叙伝の『忘れ残りの記』は、今も折に触れ読み返す。

吉川英治は『忘れ残りの記』の出だしに、荷風の作品と日記とでは、「ぼくはためらいなく日記を採る」と書いている。私は『武蔵』と『記』とでは、ためらいつつも、『記』を選ぶ。

何という中身の濃い一冊であろうか。

まずは事実の豊かさがある。明治という時代、横浜という町の豊かさである。吉川英治は「ジョージだのフランクだのという眼の青い子」と共に学校に通う。歌舞伎に出てきそうな「夜蕎麦売り」や『大道芸人』の住む「いろは長屋」に出入りする。ドラを鳴らす中華人の葬列に、号泣する「泣き女」と共に加わる。

しかも、家が破産し、幼くして職を転々とするが、その職というのが、凄まじい。商家の丁稚などはよい方で、行商もすれば、果ては「かんかん虫」となる。「船鼠の入るところはどこでも入り」こんで、煤だらけになり船を掃除するという、危険な仕事である。

そのような事実の豊かさに加わるのが、思い出の豊かさである。著者六十三歳の作品である。私小説作家であったなら、人生も半ば過ぎれば、あれこれ引き延ばし、滋養を吸い尽くした思い出しか残っていないであろう。それが六十三歳まで自分のことを語らなかった作家の幸がある。勿体ないほど凝縮された思い出が、全体からほとばしり出る。底に流れるのは、苦労し続けた母への愛である。著者は長じて女遊びを知るようになるが、夜、吉原にいても、「花魁の寝顔と母の顔を見るのと、どっちがよいかと、思い比べ」、母が待つ家に帰ってくる。

何という孝行息子か。

何というむごい男か。

私が好きな『細雪』

『細雪』の冒頭は読み返すたびに、おかしい。

三女雪子の見合い話をめぐって、次女の幸子と四女の妙子が、鏡を前に音楽会へ行く支度をしながら、ひそひそと話している。

「サラリーマンやねん」

「なんぼぐらいもろてるのん」

というところから始まり、財産の有無、不動産の有無、係累の有無と、二人の姉妹は悠長な西の言葉で、容赦なく、的確に、相手の男を値踏みしていく。結婚というものが、ここまで身も蓋（ふた）もなく、その物質的条件のみにおいて捉えられているのが、まずは、おかしいのである。

男の写真を前に、二人の姉妹が言いたい放題を言っているのも、おかしい。

「これやったらまあ平凡や。——いや、いくらかええ男の方かしらん。——けどどう見てもサラリーマンタイプやなあ」

「そうかて、それに違いないねんもん」

加えて、当人の雪子がその場におらず、彼女が稽古をみてやっている姪のピアノの音だけが、階下から聞こえてくるというのも、いかにもその場の状況が伝わってきて、おかしい。

谷崎潤一郎の『細雪』は、『Makioka Sisters』という題の優れた英訳がある。谷崎の語り口のうまさがどこまでも生き、先へ先へと頁を繰るおもしろさ、読みやすさである。だが私は思う。西洋のふつうの読者にとって、この小説が、真に読みやすい小説かどうかは別問題ではないだろうか。

そもそも、西洋人にとって「見合い」とは何か? 文化相対主義などという綺麗ごとを忘れ、本音をいくらでも吐けるとき、「見合い」とは何か?

それは一言で言えば、非西洋諸国の「野蛮な慣習」の一つにほかならない。もちろん、あの悪名高き「切腹」や「殉死」のように血なまぐさいものではない。だが、「見合い」とは、そもそもは、家が単位となって結婚を成立させる慣習である。つまりそれは、ふつうの西洋人にとって、人間の自由意志というもの——歴史が進むにつれ、より大きく人類が享受し、より大きく人類に幸福をもたらすとされている、その人間の自由意志というものを、抑圧する慣習なのである。

それだけではない。

周知のように、西洋の文学は、いにしえのトリスタンとイゾルデの時代から、人妻とその恋人の物語を中心に、恋愛というものを謳いあげてきた。そしてそれは近代に入り、女が自分の人生を選べるようになると、未婚の娘が理想の男と結婚するという物語、すなわち、恋愛結婚の物語を中心に、恋愛を謳いあげるようになった。以来通俗小説からハリウッド映画まで、人は寝ても覚めても恋愛結婚の物語から逃れられなくなったのである。

そこでは、娘が親の意見や世間の思惑などをものともせずに自分の人生を切り開いていくことが、最高の価値をもつ。逆に、親の意見や世間の思惑に従うことは、最低の価値をもつ。見合い結婚に通じるもの全てが恋愛結婚と対比され、正しくないもの、幸福をもたらさないものとして、貶められるのである。

「見合い」は西洋の文学にはない。だが「見合い」的なるものは、西洋の文学のその核心において、一番の悪者なのである。

さて、その西洋の読者が『細雪』の紐を解いたらどうなるのか。

冒頭から明らかなのは、この極東の小説の舞台が、「化学工業」「パリ」「ビタミンB」などという言葉が氾濫する世界——源氏物語絵巻の世界でも、浮世絵の世界でもない、近代の世界だということである。加えて、主題は結婚である。読者は知らず知らずのうちに、この小説に恋愛結婚の物語を期待する。

もちろん物語は少しも期待した方向には進まない。そもそも物語らしい物語はない。しかもその結末は、西洋の読者の期待を、完璧に裏切るものでしかない。

全編を通じて「見合い」を重ねるだけの雪子は、自分の人生を切り開くどころか、首を横にふったり縦にふったりするだけで、公家の血をひく子爵の息子との結婚が決まる。それにひきかえ、自分の人生を切り開き、自由恋愛を重ねてきた妙子は、どこの馬の骨かわからない「バーテンダー」の赤子を腹に宿している。雪子が帝国ホテルでの披露宴の準備に毎日を送るとき、妙子は人目に隠れた病院で死ぬ苦しみの末、私生児を死産する。

これが結末である。

この強烈な浄と不浄のイメージの対比は、あたかも恋愛結婚の物語に真っ向から挑戦するようである。自分で自分の人生を生きることが、いったいどういう幸せに通じるのか? 雪子を見よ、妙子を見よ……。

だが、『細雪』が読者につきつける本当の挑戦は、実は、そのような明暗を逆転した対比にはない。それは、雪子と妙子の対比が、真の意味での対比ではないこと——まさに、そのことを指し示すのにある。

なにしろ、あれだけ強烈な浄と不浄のイメージで書き分けられながら、雪子の結婚は少しも理想化されておらず、妙子の野合は少しも貶められていないのである。二人の結婚はどこまでも等価でしかない。「日本趣味」の雪子の人生も「西洋趣味」の妙子の人生もどこまでも等価でしかない。本を閉じたあと、人が生きることのさまざまだけが、不思議なほど冴え冴えと伝わってくるのである。

人はより大きく自由意志を行使できるにつれ、より幸せになるのか？

思うに、『細雪』はこの問いに、否、と答えるのではない。この問いそのものを問い直すのである。問い直すことによって、恋愛結婚の物語や、近代の思考がともに前提としていることに、疑問符を投げかける。

ここ数年来、インド出身の作家などが、「見合い」を主題とした小説を英語で書くようになった。そこで見合い結婚をする娘たちは、なんと生き生きと描かれていることか。谷崎を彼らの先駆者とみなすのは、見当はずれだろうか。

私は、『細雪』が、美しい姉妹が着物を着たり、美味しいものを食べたりして遊んでいるだけの小説だというのが、好きである。だが『細雪』がそれ以上の小説だと考えるのも、好きなのである。

半歩遅れの読書術

有島武郎『或る女』

大人になって読んだ本というのは、記憶の中ですべて漠としている。十代で読んだ本と比べての話である。十代で読んだ本は、まさに「血となり肉となり」という表現通り、身体の一部となってしまっている。

十代とは大昔である。そのうえ、当時は家にあった古い本ばかり読んでいたから、いよいよ古い話となる。いきおい「半歩遅れ」どころか「百歩遅れの読書術」となるが、身体の一部となった本について語る楽しさは、何にも換えがたい。

よく読んだ本の一つに有島武郎の『或る女』（新潮文庫）があった。私は最近『本格小説』という題の作品を書いたが、思えば一九一九年に出版された『或る女』は、すでに正真正銘の本格小説であった。骨格のある長編であり、華やかな文体で綴られながら、突き放したリアリズムが全編を貫いている。

十五歳ぐらいの子供に何が面白かったのであろうか。

新橋発の汽車、横浜の安っぽい旅館、一等での船旅等、印象に残る場面は数限りないが、くり返し読んだのは、女主人公、葉子の恐ろしいほどの人の悪さに、薄気味悪い思いを抱きながらも、魅了されたからである。

時代を間違って生まれたという葉子は、世の因習に反抗して生きた、「新しい女」だということになっている。だが私から見た葉子は、どの時代に生を受けようと、救いようのない女である。美点も欠点も極端に兼ね備えているという設定だが、読んでいてリアルなのは、傲慢、僭越、身勝手、媚び、計算高さなどの邪悪な心である。そしてその邪悪な心との対照でいよいよ妖しさを増す美しさである。

ことに他人を見る視線が凄まじい。親戚は「泥の中でいがみ合う豚」と片づけ、他の女が「死にかけた蛇ののたうち廻る」ように嫉妬するのを喜ぶ。人にものを渡すときは「犬にでもやるように」渡す。葉子は常に「冷やかにあざ笑いながら」世を見下しているのである。

人道主義者の有島武郎はフェミニストである。人類の歴史の中で女が「男性の奴隷」となり「本能の如き嬌態」を示すようになったのを嘆く（『惜みなく愛は奪う』）。だがそのような結構な人道主義で、あの筆の冴えが生まれる訳はない。あの執拗さが生まれる訳はない。

今、有島武郎を読む人は少ないであろう。だが葉子の邪悪さは実は誰の心にもひそむものであり、『或る女』を読むと小説家の視線がひきしまる。そんな本がまだ文庫本で手に入るのは嬉しいことである。

菊池寛『真珠夫人』

またまた、「百歩遅れの読書術」である。

『或る女』と同様、菊池寛の『真珠夫人』(文春文庫ほか)も十代によく読んだ。『真珠夫人』の方は以来ご無沙汰していたが、二夏前、自分の小説のゲラ直しの最後の段階で、「上流階級」を喚起する言葉を拾えるかもしれないと、山へもっていく荷物の中に入れた。「日本なんかにありもしない上流階級を描いて……」。昔『真珠夫人』を読みふける私を見て言った、母の言葉が記憶の底にあった。

山の冷気の中で懐かしい本を開けば、黄ばんだ乾いた紙が、ポロポロと細かく欠け落ちてくる。参考のためにと頁をくり始めたのが、いつのまにか最後まで読み通してしまっていた。

感動に近いものは一カ所でしか感じなかった。高貴な瑠璃子(るりこ)を金の力で妻にした男が、いつのまにか瑠璃子を本心から愛し始めるあたりである。粗野な男が、「俺(わし)は、貴女から、夫として信頼され愛されさえすれば、どんな犠牲を払ってもいい」などと、まことに可愛いことを言い始めるあたりである。

この辺は不思議と現実味がある。だがあとは派手な設定と、今の日本語にはない凝った言い回しと、筋立ての妙だけで読んでしまう。例えば夫が死んだ後のくだり。「黒髪(こくはつ)皎歯(こうし)清麗(せいれい)真珠の如く、艶容人魚の如き瑠璃子は、その聡明なる機智と、その奔放自由なる所作とをもって、彼女を見、彼女に近づくものを、果して何物に化せしめるであろうか」。デケデンデンデン、デンと太鼓の音でも聞こえてくるようで、まさに、大衆小説としての面目を躍如とさせる。

読み返して、「大衆小説」のすがすがしさを感じた。

「優れた小説」と「つまらぬ小説」との差は、読み手に資質がなければわからない、芸術の問題である。「純文学」と「大衆小説」の差は、それとはまた別の、小説のジャンルにかかわる問題である。存在すべきかどうかを問う以前に、現に存在している区分けについて考察するのが、ジャンル論である。

『真珠夫人』を読み返して、大衆小説とは、読者を楽しませるという至上命令、つまりその娯楽性ゆえに、禁欲的なジャンルであるのを発見した。作者はその至上命令にひたすら仕えようとし、自分自身に拘泥する余地がない。覗(のぞ)きたくもない作者の内面など、覗く必要もないのが、すがすがしいのである。

小説を終えて東京に戻ったとき、山にこもっていた間、テレビで『真珠夫人』を放映していたのを知った。

谷崎潤一郎『痴人の愛』

人は愛読書に養われる。

よくここまでまともにやってこられたと、胸を撫でおろして自分の来し方を振り返るのは、十代の愛読書がロクでもない小説ばかりだったからである。『或る女』と『真珠夫人』についてはすでに書いたが、三冊目の愛読書は、こともあろうに谷崎潤一郎の『痴人の愛』（新潮文庫ほか）であった。いずれも小説としてはなかなかのものだが、女が男を好き勝手に弄ぶ話ばかりである。ことに『痴人の愛』のナオミはひどい。

そのナオミのひどさを誰よりも承知しているのは、譲治である。ダンス場をあとにした帰りの電車の中、彼には興ざめた思いしかない。「自分独りで偉がって、無闇に他人の悪口を云って、ハタで見ていて一番鼻ッ摘まみ」だったのは他ならぬナオミであった。向かいに座ったナオミを見る目も冷たい。「『悧巧な女は私でございい』と云わんばかりに、チンと済まして腰かけている恰好はどうだ」。

ところが夜になれば情欲に流され、結局はナオミに鼻先を引き回され続けることになる。

私は母に訴えた。「正しくないじゃない」。一寸(ちょっと)考えた母は珍しく哲学的に答えた。「文学は道徳とはちがうんだから」。

母の答えは正解である。だが今になって振り返ると、その時の自分の反応には、それなりのことがあったと思う。「正しくない」という印象には、どこか後味がよくないという意味がこめられていた。読んでいる間の興奮はあったが、読み終わった時、芸術に触れたあと特有の高揚感は希薄であった。そしてそれは当時読んでいた谷崎すべての作品にかんして言えた。

当時読んでいたのは一九一七年、谷崎が四十歳の時に発行された文学全集である。谷崎の巻には、当然のことながら、谷崎が転換期を迎えたあとの作品——谷崎をあの大谷崎たらしめた作品は入っていない。『蘆刈』や『春琴抄』や『細雪』、つまり、崇高なものの存在を感じさせるあの作品群は、何一つ入っていなかったのである。

驚くのはそれでも谷崎が群を抜いて面白かったという事実である。子供の私は谷崎が大谷崎であることを知らなかったが、彼の巻には自然に手がのびた。一流の映画監督は失敗作でも一こま一こまの流れの面白さがちがう。それと同様、文章から文章への流れがちがった。そこに宿る現実の質がちがった。文章など誰にでも書けるものだと悲観するとき、谷崎のあの群を抜いた面白さを思い出すのを救いとする所以である。

田辺聖子『ゆめはるか吉屋信子』

小さいころに子供向けの「偉人伝」を読んだ。キューリー夫人、ナイチンゲール、紫式部、とこの三人の評伝は、挿絵が目に浮かぶほど記憶が鮮やかである。だが、残りは全て男の偉人の評伝ばかりで、こちらは誰一人記憶に残っていない。

女の人の評伝は稀で、稀であるがゆえに、当時女の子であった私の心に色濃く刻まれた。

今、女の人の活躍はめざましい。ことに小説家は女の方が多勢ではないかと思われるほどの賑わいである。それでいて評論家はほとんど男である。彼らの目は必然的に男の小説家に向き、例え女の小説家に向いても、そこに敬愛の念は薄い。

そんな中で、田辺聖子さんが『ゆめはるか吉屋信子』(朝日文庫、上下)をお出しになったのはまことに嬉しい。一九九九年発行、構想十年、二千三百枚の大作である。思えば私の母も吉屋信子の愛読者であった。

「吉屋信子は醜女だという人がある」。大作の冒頭の一行である。このさりげない一行に籠められているのは、世の通念に対する高らかな挑戦である。そこからくり返し吉屋信子の美しさが説かれ、読み進むうちに、吉屋信子はおしゃれでスタイルのいい「理知的美人」として読者の前に立ち現れる。

底に流れるのは、先人に対する敬愛の念である。その先人が不当に貶(おとし)められていたことへの怒りである。事実、同性愛なのも反感を買い、吉屋信子は男の批評家から抹殺されてきた。

評伝の面白さがつまった本でもある。何気ないようでいて、深い素養に支えられた日本語に支えられている。しかも小説家田辺聖子の視点が随所に光る。

例えば信子が、同じく時代の寵児である林芙美子と、新聞連載で技を争うようになった時の話。朝日新聞の芙美子の連載は一足先に始まった。それを読んだ日、信子は日記に記す。

「朝日のよむ。安心す」

安心す……この身も蓋もない本音の凄まじさ。性格も大らかなら、生涯芙美子のよき理解者であったという信子にして、この言葉である。小説家の本性をとことん承知している、田辺聖子ならではの引用である。

吉屋信子を特徴づけるのは、戦前の女学校文化に花開いた文体である。それは砂糖づけの文体、女子供の文体である。だがそれは、ひらがなで綴る女手が生まれた平安朝まで遡る、まことに床しいものでもある。

「春くれば、鬱金(うこん)桜の寮の窓近く咲こう、さりながら、かの美しき人の面影……」

水村節子『高台にある家』

子供にとって親戚関係は把握しにくいものだが、私の母方はことに把握しにくかった。「おじさん」と呼ばれる人が「おじいちゃん」と呼ばれる人より年上だったりする。母にすれば、自分の兄が父親よりも年上だったことになる。他にも訳が判らない人たちばかりであった。

元凶は「ばさんの血」。

「ばさん」とは、婆さん、すなわち芸者だった祖母のことである。妾、正妻として、二人の男との間に次々と子をもうけ、さらに四十半ばにして血迷い、息子の家庭教師をしていた二十五歳も年下の男と駆け落ちした。間に生まれたのが母である。

恥多い出生である。その秘密が次第に解き明かされていく娘時代を、八十歳近くになって母が綴った。それが二〇〇〇年に出版された『高台にある家』（水村節子著、ハルキ文庫）である。田辺聖子さんが「感心した」と帯に書いて下さった。母の本、しかも私が手伝った本を取り上げるのがルール違反なのは承知だが、縁あれば読んでいただきたい面白い本である。

小説は人生から生まれるものではない——私は常日頃からそう思っている。面白い小説は、面白い人生を送ったからといって書けるものではないからである。だが、小説が人生からそのまま生まれることが、意味をもつ場合がある。物語の設定が尋常を逸している場合である。

例えば語り手の母親が父親より二十五歳も年長だという設定。小説家の想像力の産物だとしたら、奇をてらった設定でしかないであろう。だがそれが事実であるとすれば、おかしく、悲しい。事実であることが、文学としての力を与えるのである。

祖母を疎(うと)み、粗末にしていた母だが、「ばさんの血」のおかげで小説を書くことができた。

しかも時代が時代である。祖父母と母が生きた時代は、日本が近代国家に転じていった時代と重なり、「ばさんの血」のおかげで、旧(ふる)い日本と新しい日本とが、母の中で混ざる。祖母の世界は、源氏名、娘義太夫、お百度参りの世界であり、祖父の世界は、賛美歌、女学校、活動写真、ピアノ、英語に通じる。祖父母はやがて別れ、母は二つの世界を行ったり来たりするようになるが、あたかも江戸と昭和の間を行ったり来たりしているようである。つくづくと面白い時代だったと思う。

祖母のことを書こうとして小説家になったのに、母に書かれてしまった私である。

たくさんの着物に彩られ綴る女性の半生
――幸田文『きもの』

ある日、イギリスのハンプシャーのどこかの屋根裏部屋から未発表の原稿が発見される――これがジェーン・オースティンの愛読者たちの夢だという。読者はその原稿が『高慢と偏見』ほどのものであることを期待しているわけではない。ただ、これぞジェーン・オースティンの世界だといえるものが、今一度、目の前にくりひろげられるのを夢見るのである。このたびの幸田文の『きもの』は、どこかこのような夢が現実となったものである。

一九六五年から一九六八年にかけて断続的に雑誌に連載されたというこの小説は、作者が続きを書く意志をもっていたため、生前は出版されず、没後二年以上たってはじめて単行本となった。『きもの』は『流れる』には及ばない。だが『流れる』は『高慢と偏見』と同様、神の恩寵を感じさせる作品であり、それに及ばなくても読者は悲しむ必要はない。『きもの』にくりひろげられるのは、これぞ幸田文の世界だといえる世界であり、このような小説がもう一冊世に出たことはすなおに喜ばしい。

それにしても見事なのは、最初から最後まで着物を通して世界を提示するという、世にも珍しい小説手法である。春には桜を秋には紅葉を散らし、あたかも和歌がそのまま衣装となったものが日本の着物であり、日本文学と着物の関係は深い。だが、その日本文学のなかでもこのように着物づくしに話を進める小説というのは、他には例がないだろう。しかもそこに提示されるのは美的ではなく、倫理的な位相のもとでの世界なのである。

主人公は明治末期に東京の下町の家に三女として生まれた、るつ子という娘である。胴着の片袖を引き千切ったといってるつ子が叱られているところから話は始まり、着物をめぐる逸話が次から次へとめまぐるしく展開されるうちに、いつのまにか、るつ子の二人の姉の結婚、華族と給費生という女学校の友人たちの生きざま、母の死、父の女、被災、そしてるつ子自身の生理的成熟と結婚と、一気にしまいまで読ませてしまう。同時に、すべての登場人物はどう着物にかかわるかで人間としての価値を露呈するにいたる。その背後には、常にるつ子を正しい認識へと導く（そしてこの小説をやや教養小説のようなものにしてしまう）おばあさんがいる。

ところで『きもの』が自伝的小説とうたわれているのは、さまざまな状況設定が異なるにもかかわらず、るつ子がわれわれの知っている幸田文と重なるからにほかならない。たとえば、幸田文は女の作家である。そして彼女は着物について書いた。だが、女が着物を着ることと、女流作家が着物について書くこと——この連動しているように思える二つのことがらは実は対立関係にある。その対立関係を示し、それゆえに幸田文が作家となる必然性があったことを暗示するのが、るつ子と着物のかかわりあいなのである。

そもそも、胴着の片袖を引き千切るところから始まるこの小説は、女が着物を着る話ではなく、女が自分の気に入らない着物を脱ぐ話なのである。事実るつ子は気に入らない着物を着せられると発疹してしまう。女学校へ上がったとたんに、るつ子だけ自分で着物を着るようにしつけられるのは、るつ子にとっての着物は、ふつうの女にとっての着物と同じ意味をもたないからなのである。

おばあさんはるつ子に言う。「よくおきき。お姉さん達は、いい恰好ならそれでいいんだけど、おまえさんはいい恰好より、いい気持が好きなんだよ」。このるつ子の性癖は、のちにおばあさんが、姉たちは結婚のなかに納まるだろうが、「るつ子は、下手をするとはみ出しそうな気がする」と心配をするのに通じる。

小説は、るつ子が結婚初夜に男に着物を脱がせられる場面で終わる。それはのちの不幸を予兆する。自分で着物を脱ぐ女として規定されているるつ子が、この男との結婚を脱ぎすてずにいられるはずはないからである。

「大作家」と「女流作家」

幸田文は、文豪、幸田露伴の娘としてものを書いた。

このエッセイのタイトルは「大作家」と「女流作家」である。こうして「大作家」と「女流作家」と二つの言葉を並べたとき、「女流作家」というのが幸田文をさすのはいうまでもない。だが「大作家」というのが彼女の父、露伴をさすとは限らない。実際、私はここで「大作家」という言葉を「女流作家」の幸田文に冠したいと思う。のみならず、「女流作家」という言葉も、そのもっとも輝かしい意味において、新たに幸田文に冠したいと思うのである。

幸田文は偉大な作家である。彼女の作品のいくつかは世界文学の傑作の中でもきわだつ。そして作家というものは、最終的には、その作家の最高の作品群で判断されるものなのである。近代に入って日本語で書いた女の作家というものを考えてゆくと、私にとって樋口一葉の次にくる名は幸田文である。なにしろ私の心のなかで幸田文の名は、一葉のみならず、漱石、谷崎などと並んでいるのである。

このさき幸田文はどう評価されてゆくのだろうか。

没後八年。幸田文は売れている。地味な着物に髪をアップにしたその姿を始めとして、古びた日本家屋の住まいや身の回りの風流な小物など、彼女をめぐるさまざまなグラビア写真が、目に入るともなく入る今日このごろである。もちろん単行本もつぎつぎと出版される。対話集も出る。娘の青木玉も思い出話を書く。岩波のような権威のある出版社が全集を組む。幸田文にかんする論集までこうして世に現れる。要するに幸田文は今商品として勢いがある。問題はこのさきのことである。このさき幸田文はどう評価されてゆくのだろうか。私のように売れない作家が売れている幸田文のこのさきを憂えるのは滑稽だが、憂える理由はある。幸田文はたんに女の作家だというだけではない。なにしろ彼女は「女流作家」ですらあるからである。しかも自ら「女流作家」だと名のりをあげたような作家ですらある。

「女流作家」――この言葉が日本語の文脈の中にのみ存在する、翻訳不可能な、しかもきわめて曖昧なカテゴリーを指し示すことはいうまでもない。「女流作家」とは何か？たとえば「女流作家」というのは、たんなる女の作家とどうちがうのか。

人は答えるかもしれない。たんなる女の作家とはたまたま女であったというだけの作家である。つまりたんなる女の作家とは——男の作家と同じように——男も女もない世界を相手どる作家であると。それに対して「女流作家」とは女だけの世界を相手どる作家であると。だが、この答えは十分なものではない。なぜなら「女流作家」というカテゴリーは、もっと本質的に、文学としての「評価」にかかわるからである。「女流作家」の書くものが、たんなる女の作家の書くものに比べて、低く「評価」されるというだけではない。「女流作家」の書くものは、たんなる女の作家の書くものとちがって、そもそもまったく「評価」の対象にならないのである。もっとシニカルにも正確にもいえば、ものを書く女たちは、「評価」の対象となることによってのみ、「女流作家」の運命からのがれられる。「評価」の対象にならなければ、「女流作家」の運命に甘んずるほかないのである。要するに、「女流作家」とは、世の権威が本気にとることのない作家、本気にとるにはあたいしないとして、ひとからげにして視野からぬいてしまっている作家なのである。世の権威とは、批評家、学者、作家などから始まり、編集長、図書館長、文部省の役人などにいたる人々を指す。そのほとんどが男であることはいうまでもないだろう。

幸田文は女だけの世界を相手どるように見える作家である。実際、もし「女流作家」というものがその読者の性別によって決まるものなら、幸田文は「女流作家」である。彼女の読者の多くは女だからである。もし「女流作家」というものがその形式によって決まるとしても、幸田文は「女流作家」であろう。彼女が得意とする随筆は、近代に入ってからは主に女のたずさわるジャンルとされてきたからである。そして、もし「女流作家」というものがその主題によって決まるものなら、幸田文ほど「女流作家」らしい作家もいない。彼女のあつかう主題は、料理、買物、掃除、ふとんのはりかえ、結婚式の準備、子育て、離婚、病人の看護、老人の介護、近所づきあい、親戚づきあい、そしてもちろん着物。まるで婦人雑誌の目次の如しである。だが、もし「女流作家」というものが、本気にとるにはあたいしないということを意味するのなら、幸田文は「女流作家」ではない。なぜなら幸田文は偉大な作家だからである。

もちろん、今、世の権威はそうは思っていない。そもそも幸田文自身がそう思わなかった。のみならず、彼女の文学自体、そのような可能性を否定するところでまさに成り立っているのである。

幸田文の文章のうまさ、味わいの深さ、格の高さは定評がある。彼女の作品を読み、あの文章の見事なのに目をみはらない人はいない。それでいて、もしその幸田文が偉大な作家かどうかと問われたら、どうか。父、露伴と同格の作家かどうかと問われたら、どうか。いや、父、露伴をも凌ぐような作家かどうかと問われたら、どうか。とっさに、そうだ、とうけがえる人は多くはないであろう。冗談ではないと驚く人の方が多いであろう。そして、その冗談ではないと驚く人の筆頭にくるのが、幸田文その人なのである。

そこが幸田文を読むおもしろさである。

それが文学のおもしろさでもある。

幸田文を一貫してつらぬく主張はひとつ。父、露伴が書いたものにひき比べ、自分の書くものなどとるに足らないということである。「豪という字、大という字を冠し」た露伴に対し、彼女は「不肖の子、凡愚の子」でしかない。露伴は書斎に生きたが、彼女は台処に生きる。「私はものを読まない。世間には交はらない。台処にゐるのが安気である」。露伴の死後、人に請われるままに彼女がものを書き始めたのも、「将来露伴を研究する誰かがあれば何かの役にたつかもしれない」という思いがあってのことでしかない。幸田文とは、父＝男の書いたものに対し自分の書くものなど価値のないこと——まさに、本気にとるにはあたいしないことを言い続けた作家である。すなわち、「女流作家」であることを、そのもっとも本質的な意味において、自ら標榜し続けたという作家にほかならない。彼女のその主張は後期の作品に入って弱まるが（このこと自体興味深いことである）、数々の傑作を含む前期の作品に色濃く露わであるがゆえに、読者の全体的な印象を決定づけるものである。

だが文学のほんとうの「評価」というものは、作家の言うことを真にうけないところから始まる。自分は「大作家」だという作家の主張を真に受ける愚は誰の目にも明らかである。とすれば自分が「大作家」ではないという作家の主張を真に受けるのも、同じように愚ではないだろうか。ことに幸田文のように、「大作家」ではないという主張そのものが、彼女の作品をあのように優れたものにする鍵となっているのであれば、なおさらのことである。

幸田文の使う言葉は徹頭徹尾文学に育まれた言葉である。そうでなくては、あのような力強い文章を書けるものではない。幸田文の文学はまことに文学的な文学なのである。それでいて、幸田文の文学は文学から限りなく自由な文学——文学のさまざまな規範から限りなく自由な文学なのである。雑文とも随筆とも小説とも何なりと勝手に呼んでくれ、私にはこれが精一杯である、と自分の書いたものを読者の前にどさりと投げ出す。あの自由は、文学の王道を行く露伴の抑圧を逆手にとり、露伴が象徴するものすべての対極に身を置くことによってえた自由にほかならない。あの自由があるからこそ、幸田文の書くものは、文学とは何か、という問いのおおもとへまっすぐに切り込む。どんなに文学らしい文学よりも、どんなに言葉をつくして文学について語った文章よりも、文学とは何か、という問いのおおもとへとまっすぐに切り込むのである。

思い出をありのまま書くとはどういうことか？　随筆というのは何か？　随筆に対しての小説——虚構とは何か？　日本語とは？　翻訳可能性とは？　言葉とは？　生きるとは？　書く倫理と生きる倫理とはどうつながるか？　幸田文を読んだあとは、ふつうに小説などを書くのが馬鹿らしいという気になる。いや、書くという行為自体が馬鹿らしいという気にさえなる。それでいて、自分もあのようなものを書かねばという欲望にやみくもにとらわれる。文学というものの非力と文学というものの大いなる力を同時に啓示されるのである。論理的展開もないまま、言葉の力だけによって、人をここまで導くことのできる作家というものを私はほかに知らない。

そして私は思うのである。幸田文のこの自由こそ、真の「女流作家」の自由ではないだろうかと。この自由こそ、当時文学の王道を行く「真名」(漢字)の禁忌を逆手にとって「仮名」で書き、日本語に初めて出会うことを可能にした平安朝の女たちの自由とつながるものだからである。実際、幸田文を読むとき、日本語に初めて出会ったような驚きなしには読めない。文学に育まれながら、それが自分に否定されていることによって、文学から離れて書かざるをえなかった幸田文――そんな幸田文だからこそ、あの「女流文学」の伝統を千年後に、そして最後に、日本語の中に花ひらかせたのだといえよう。

そんな幸田文を、このさき、世の権威が認めるかどうかわからないのである。

世の権威などに認められる必要はない、作家というものは読者さえいればたくさんである、と人は言うであろう。私もほんとうにそう思う。だが、読者がいるためには本が書店に並んでいなくてはならない。そしてひとりの作家が死んだあと、その作家の書いたものが書店に並び続けるかどうかは、作品の価値だけでは決まらない。世の権威といわれる人たちがその作品をどれほど口の端にのせるかによって、少なからず左右されてしまうのである。

思い出すのは数年前のことである。ひとりの才能のある男の作家が人生半ばにして死んだ。すると男の批評家、作家、編集者たちがこぞって声を大にして死をいたんだ。その作家の名は必然的に文学史に残るであろう。本も長い間市場に出回り続けるであろう。私は幸田文が死んだときの彼らの沈黙を思い、世の不公平をつくづくと思った。ひとりの女の読者としてつくづくと思ったのである。

私が幸田文のためにできることは、こうして私なりの声をあげることしかない。私は女の読者だから幸田文を過大評価しているかもしれない。だが私は少なくとも自分が女の読者であるという事実を知っている。それを知っているからこそ、自分のなかにある女でも男でもないひとりの読者——文学の最高の読者というものの可能性について考えるのである。そしてそのような読者として、「大作家」という言葉と、さらにそのもっとも輝かしい意味においての「女流作家」という言葉とを、幸田文に冠したく思うのである。

「よい子」とのお別れ
──『或る女』との出会い

健全な性体験というものはあるだろう。心身の発育に応じて次の経験へと進んでいく。女の子であれば、胸がふくらむのにつれて、誰かに恋心をもち、やがてその人と肩を並べ手をつなぎという、陳腐な道のりを辿ることである。古風だが、自分が親ならば、娘が傷つかないよう、そのような健全な性体験を経て成長して欲しいと思うであろう。

それでは、健全な読書体験とはあるだろうか。

理想としては、あるような気がする。心身の発育に応じた本を読むということである。

思えば、私は不健全な読書体験を経てきた。

そして、その私の不健全な読書体験を象徴するのが、有島武郎の『或る女』であった。

小学校の最後の方はまだ少年少女向けの本を読んでいた。講談社の「少年少女世界文学全集」、偕成社の「少女世界文学全集」、それに、岩波少年文庫。岩波の本は小学何年生向きと書いてあり、二歳上の姉がいる私はいつも自分より二歳上の子供用の本が読めるのがお得意であった。

子供向けの本は基本的に道徳的である――どうしたら「よい子」になれるかを教えてくれる。

ところが、小学校を終えたあと私は父親の仕事の都合でアメリカに住むようになった。思春期に入ったからもう子供向けの本を読む気はおこらない。だが次の段階で読むべき本が家にない。英語の本は読めない。私はしかたなく、母の伯父が餞別にとくれた大人の本を読むようになった。

『或る女』を手にしたのは、題に「女」という字が入っていたからだろうか。読んでみれば、むろん、女の人が主人公であった。だが、「よい子」の話ではなく、「よい子」にだけはなるまいと決意した女の人の話であった。

それ以来『或る女』を幾度読んだことであろうか。

まだ半分子供だから、現実と虚構の境目も朧に、ひたすら我を忘れて読んだ。大人になって自分が葉子のように人目を引く美人になる筈がないのにも思い至らなかった。

心身幼いまま不意に男に犯されてしまったようなものであろうか。いつしか私の魂はそこなわれていた。「よい子」になるよりも、横浜の安宿で、脂粉と香水と「最上等の三鞭酒（シャンペン）」の香を漂わせ、「派手な長襦袢（ながじゅばん）一つで、東欧羅巴（ヨーロッパ）の嬪宮（ひんきゅう）の人のように、片臂（かたひじ）をついたまま横」になり、「大きな眼を夢のように見開いて」朴訥な男を誘惑するほうがおもしろそうに思えた。大人の女の驕慢、傲慢、侮蔑、狡猾、贅沢を早く試してみたかった。

心身幼いまま不意に男に犯された娘は、長い間その「最初の男」を客観的に見ることはできないであろう。私も長い間『或る女』を客観的に読むことができなかった。あの場面、この場面と、自分の身体に染みこんだ場面を心が追うだけだった。それが最近久しぶりに読み返し、初めて、『或る女』が大した小説だということに気がついた。

年月のなせるわざである。

酷（むご）いが、歳のなせるわざでもある。

わたしはそれでもこの日本を愛せるか
――キク・ヤマタ『マサコ／麗しき夫人』

わたしはそれでもこの日本を愛せるか。

明治維新以来、日本人は、ことあるごとにこの問いを自分に問いかけてきた。キク・ヤマタのような混血の作家において、その問いはなおさら切実である。『麗しき夫人』（矢島翠訳）はその問いに答えて言う。はい、わたしは日本を愛します、と。

だがそれは躓き（つまず）を知らぬ人の声ではない。日本への愛情が日本の現実によって試され、たくさんの怒りと絶望とを経たあと、一つの魂がそのぎりぎりのところで絞りだした声である。ゆえにそこに描かれた日本は息をのむほど美しい。息をのむほど典雅で繊細で幽艶である。

女は何をのぞんでいるのか
——ジェーン・オースティン『高慢と偏見』

私はジョージ四世よりもよほど豊かです。

ジョージ四世は、ジェーン・オースティンが生きていた時代、発狂した父の三世に代わって摂政としてイギリスを支配していました。『高慢と偏見』の愛読者であり、いつでも読みかえせるようにと、ふだん住んでいる宮殿に一冊だけでなく、離宮にも一冊、合わせて二冊『高慢と偏見』をもっていたといいます。ところが私はなんとそのジョージ四世の二倍、すなわち計四冊『高慢と偏見』をもっている。ふだん住んでいる東京の(コリンズ氏なら「陋屋(ろうおく)」とでもいうべき)マンションにすでに二冊——六畳たらずの自分の部屋の机の上に一冊、向かいのベッドのわきの本棚に一冊。少し離れた、これまた六畳たらずの書庫にもう一冊。そのうえ私にとっての離宮である建売りの山小屋にも一冊。平方メートルあたりでいえば、いったいジョージ四世の何百倍の密度で『高慢と偏見』をもっていることか。これらの本は意図して買いそろえたものではありません。イギリスやアメリカの本屋で目につくたびに、ああ、そうだ、そろそろまた読みかえそうと、あの有名な冒頭の文章を読みはじめた瞬間から流れだす、なんともいえない愉しい時間を予期して手をのばすうちに増えていったものなのです。

『高慢と偏見』が男の読者にも充分に楽しめるものであること——その事実を否定するのは意味がないでしょう。右のジョージ四世をはじめとして、実際多くの男の読者がこの小説を楽しんできました。しかもいい時代になりました。女が書いた「女らしい」小説が軽んじられた時代は今や過去のものです。いかに結婚相手をみつけるかという小説が、戦争と平和について思索する小説に比べ、取るにたりないと断言する人はもういない。ジェーン・オースティンが、世界が生んだ最高の作家の一人であることを否定する人も、『高慢と偏見』が世界に存在する最高傑作の小説の一つであることを否定する人もいない。このような状況のもとで、今後『高慢と偏見』はさらに多くの男の愛読者を得るでしょう。私たち女と同じように、もう一度、いやまたもう一度と、あくことなくこの小説を読みかえす男もこの先増えるかもしれません。

それでいて『高慢と偏見』は最良の意味での女の小説なのです。

「いったい女は何をのぞんでいるのか」——女の欲望を前に困惑したフロイトの問いは

有名です。『高慢と偏見』という小説は、まさに、「いったい女はどんな小説が読みたいのか」という問いに対する答えのような小説なのです。そしてそれは、「女は何をのぞんでいるのか」という問いそのものに答える小説だからにほかなりません。

小説、ことに古典といわれる小説を読むということは、ほとんどの場合、男の書いたものを読むということです。それは読む当人が女であっても同じことです。町の図書館に並ぶ「世界文学全集」や「日本文学全集」——その中に、いかにわずかの数しか女の書いた作品が含まれていないかはいうまでもありません。これが洋の東西を問わない現実です。この現実を極端なところまでおしすすめ、一人の女を想定するとしましょう。父親の本棚にあった、男の書いた小説しか読んだことがないという女です。

そんな彼女が、ある日、何かの偶然で『高慢と偏見』を手にしたらどうなるか。彼女は夢中になって頁をくる。そして読み終わって本を閉じたとたん、深いため息をつく。ああ、私はまさにこのような小説を読みたかったのだと。彼女は今まで読んできた小説に不満をもっていたわけでは決してありません。「女は何をのぞんでいるのか」ということは、女にとっても自明ではない。それどころか、女である自分が、男とちがうものをのぞんでいるということすら自明ではない。『高慢と偏見』のような小説を読んではじめて、そこには男の書いたものと何か決定的なちがいがあること、これほど自分の欲望に近いところで物語が語られたことはないこと、つまり、これこそ自分が読みたかったと思えるような小説が世に存在するのを彼女は知るのです。今まで読んできた小説の中の女たち――今までその姿にすすんで身を重ねてきた女たちが、ふっと遠のいてしまうような感覚がある。あの女たちは「男は何をのぞんでいるのか」により深くかかわる女たちだったのかもしれない。そもそもあの男の作家たちは「女は何をのぞんでいるのか」という問いを真剣に問うたことなどないのかもしれない。彼女の頭にはそんな思いが浮かぶかもしれません。そのとき、ジェーン・オースティンという女の作家が存在したという悦び――現にこうして『高慢と偏見』という小説が存在する悦びが彼女の胸をひたひたとみたすでしょう。このような小説が最良の意味での女の小説でなくって何でしょうか。

もちろん「女は何をのぞんでいるのか」という問いは、きわめて逆説的な問いでしかありません。その証拠は奇跡のような女主人公のエリザベス・ベネットです。不思議なことに、エリザベス自身、自分が自分でいられるということ以外、何ひとつ具体的にのぞんでいるわけではない。それなのに、いつのまにか彼女がのぞんだ通りの、というよりも、のぞんだ以上の幸福にむかって物語が大きく流れ出すのです。その勢いには息をつくこともできないほどです。なぜエリザベスは自分がのぞんでもいないような大きな幸福をえられたのか。なんとすべてはダーシーが、「女は何をのぞんでいるのか」という問いを問おうとしなかったところから始まるのです。

ダーシーは娘にとって最高の結婚相手です。コリンズ氏と結婚するということは、「世間的な利益のために、より高い感情をすべて犠牲に」することにほかならない。しかも一介の牧師でしかないコリンズとの結婚がもたらす「世間的な利益」は大したものではない。その反対にダーシーと結婚するということは、「世間的な利益のためにより高い感情」を何ひとつ犠牲にせずにすむのです。しかも大きな領地をもつ大地主のダーシーとの結婚がもたらす「世間的な利益」は大したものです。ダーシーもそれをよく知っている。そしてダーシーは、まさに彼がそれをよく知っているがゆえに、ひとつ、大きなあやまちを犯してしまう。彼自身、文無しのエリザベスを愛するようになりながら、はたしてその文無しのエリザベスの方でも彼を愛しているかどうか、一度も自分に問うたことがないのです。

ジェーン・オースティンの世界では、未婚の娘に自分で未来の夫を選ぶ権限はありません。未婚の娘に与えられた唯一の、そして最大の権限は、男が未来の妻として自分を選んだとき、そのありがたき栄誉を退けられる権限なのです。ダーシーがエリザベスに求婚したとき、エリザベスは屹然とその権限を行使します。

ああ、あの場面の何度読んでも痛快なこと!

もちろんダーシーが退けられる表向きの原因は、先入観にまどわされたエリザベスが、ダーシーの人となりを誤解していたところからくるものです。でも真の原因はそこにはない。真の原因は、ダーシー自身、エリザベスのような娘が自分の結婚の申しこみを断るとは夢にも思っていないというその事実にあるのです。狂喜乱舞するとしか思っていない。この一点においてダーシーはコリンズ氏――やはりエリザベスに求婚し、やはり屹然と退けられる、あの自己満足のお化けのような、愚劣きわまる、滑稽きわまる、コリンズ氏と同じなのです。

いったいこの娘は自分を愛しているのだろうか――この問いが究極的に、「いったい女は何をのぞんでいるのか」という問いにつながることはいうまでもありません。実際、「女は何をのぞんでいるのか」を問わずに、女を愛せるでしょうか。というよりも、「女は何をのぞんでいるのか」を問おうとすることこそ、女を愛することではないでしょうか。

女は何をのぞんでいるのか。

女は何よりもまず、男が「女は何をのぞんでいるのか」という問いを問うてくれるのをのぞんでいるのです。

その問いを問わずにいたダーシーの「罪」は重くて当然です。しかしダーシーは幸い現実の男ではありません。女の作家の描いた男なのです。「女は何をのぞんでいるのか」を問わなかった自分の「罪」を深く恥じ入る心をもっている。深く恥じ入る心をもっているがゆえに、女にとっての理想の男となるのです。

『高慢と偏見』という寓話的な題は、実は、きわめてアイロニカルな題です。それは二人の男女の「罪」があたかも対称的であるかのように見せかける。でもダーシーとエリザベスの「罪」は対称的ではありえないのです。だからこそこの決定的な場面のあと、二人の後悔は同じ質のものではありえない。エリザベスの後悔は彼女を本質的には少しも変えません。ところがダーシーの後悔は彼を本質的に変えてしまいます。「どうして彼は、こんなに変わったのだろうか」と、エリザベス自身驚きやまないほどです。「罪」を償おうと、これでもか、これでもかと彼女ののぞむところを知ろうとする男となる。「女は何をのぞんでいるのか」を問い続ける男となる。それによって、エリザベスはどんどんと彼女がのぞんだ以上に幸せになってゆく……。

もちろんエリザベスは感謝しています。それでいて、僭越にも、紆余曲折をへて二人の結婚が決まったあともさらにダーシーが変わることをのぞんでいるらしい。最高の結婚相手を前にしてさえ、あのエリザベスの、躍るような、朗らかな、高らかな、そして皮肉な精神が彼女に命じるのです。結婚を境いに、ダーシーは彼女から「笑われたりすることをこれから学ばねばならない」と。

今回右の文章を書くため、河出書房新社からこの阿部知二訳の『高慢と偏見』が送られてきました。その小包の中に、参考までにと、さらにもう二つの日本語訳が入っていました。これで計七冊。今やジョージ四世に比べて私がどれほど豊かなのだか見当もつきません。

Claire Tomalin『Jane Austen（A Life）』

女の伝記作者の有り難さを思わせる本である。家事の余暇にすばらしい作品を残した作家――それが従来のジェーン・オースティン像である。この本のジェーン・オースティン像はちがう。書くことを中心に人生を生きた作家である。時間の問題ではなく精神の問題である。たび重なる引っ越しの中にもかさばる原稿の束を抱え続け、断られてもあきらめずに出版を試み続け、死の寸前まで次の作品を書き続けていた作家。すでに知られていた数々の事実が初めて意味をなす。これは彼女にかんする認識のコペルニクス的転換である。私は新しい作品を読む習慣がないので、一昨日贈られ昨日読んだこの一冊だけを薦めることにした。

私の名作玉手箱
――エミリー・ブロンテ『嵐が丘』

エミリー・ブロンテの『嵐が丘』を最初に読んだのは小学生のとき――挿絵入りの少女文学全集の中に入っていたのです。姉、シャーロットが書いた『ジェーン・エア』も一緒でした。もちろん私は『ジェーン・エア』の方をえこひいきしていました。実は『嵐が丘』はよくわからなかったのです。『嵐が丘』の偉大なのに気づいたのは二十代も半ばです。以来、読むたびに、奇跡とも呼ぶべきこの作品に驚かされます。同時に、『嵐が丘』を最初は少女文学全集の一つとして読んだという事実を、何だか面白くもおかしくも思いおこすのです。

少女むけの文学というのは、文学の楽しみだけではなく、一人の娘として正しく生きることを教えようとする。それは教育的であってあたりまえです。ところが、『嵐が丘』

は教育的どころか、不穏な作品なのです。それも不穏であるというてらいもない、真に不穏な作品なのです。ゆめ、少女が親しむのにふさわしい小説ではない。小学生の私がよくわからなくってあたりまえでした。

それでは、いったい『嵐が丘』のどこが不穏なのでしょうか。

漠然と考えていたことに、逆説的に、明確な答えを与えてくれたのが、一九三九年に作られた、ローレンス・オリヴィエがヒースクリフを演じる、映画の『嵐が丘』でした。ある日、その映画を観た私は、自分の目を疑いました。なんという『嵐が丘』の凡庸化、いや、矮小化……。そしてそのときわかったのです。『嵐が丘』が不穏なのは、何よりもまずキャスリンがあのキャスリンだということ――「傲慢」「わがまま」「乱暴」「横暴」「野心家」と、語り手からさんざんけなされるようなキャスリンだということにある、と。監督の心の弱さによるものか、映画商売のお客さま大事によるものか、映画のキャスリンは善女だったのです。そのとき『嵐が丘』は『嵐が丘』でなくなっていたのです。

平和な新婚家庭をいとなんでいるキャスリンとエドガ。そこへヒースクリフが戻ってきたという知らせがある。映画のキャスリンは表情をこわばらせ、再会するのを拒否しようとします。彼女は、初恋の男を忘れて夫に貞淑な愛を捧げ続けようとする、正しく生きようとする女なのです。だからこそ、ヒースクリフに再会するや否や、彼女の心の中で葛藤が始まる。私たちの目の前に展開されるのは、夫への貞節と恋人への愛情との間にひきさかれた人妻の物語――要は、世に掃いて捨てるほどある「不倫」の物語でしかない。

もちろん原作はそんなものではありません。キャスリンには心の中の葛藤などはない。ヒースクリフが戻ってきたのを知った彼女は有頂天です。しかも、自分が有頂天であるという事実を夫のエドガに隠そうともしないのです。彼女はエドガをきつく抱きしめます。「ああ、あたしのエドガ！　ヒースクリフが帰ってきたわ――ほんとよ！」自分がこんなに幸せなのだから、自分を愛する夫も喜ぶべきであるとする。そもそもキャスリンには、エドガとヒースクリフとどちらかを選ばねばならないという気はないのです。以前、エドガの求婚を受け入れたときも、ヒースクリフとともに夫の家に移るのをエドガが認めると思っていた。『あたしがあれを、こんなに思っていることが分かったら、認めると思うわ』。

映画のキャスリンは、夫への貞節か恋人への愛情か、あれか、これか、どちらかを選ばねばという葛藤の中に死ぬ。ところが原作のキャスリンを死に駆り立てるのは、怒りです。それも、そもそもそのような葛藤をそこに見いだそうとすること――そのこと自体に対する怒りです。男たち二人ともこんなに大事にしているのに、二人は平和共存してくれようとしない。「あたしは、二人に真心をつくして、何てありがたい目にあったことだろう!……甘やかしてやったら、そのお礼に、ばかばかしくて物もいえぬほど、わからずやの恩知らずの大将二人にぶつかったわけだわ」。もしエドガが「卑怯」にもヒースクリフと別れろというなら「あたしは、悲しみで自分の心臓をかきやぶって、そして二人の心臓もやぶってしま」うしかない。寝室に閉じこもり、怒り、恨み、悲しむ彼女は、やがて狂ってしまう。そうして狂ったまま本当に死んでしまう。読者は彼女の、あれも、これも、という思いこみの強さに引きこまれ、二人の男とともに、凍てつくような喪失感の中に置き去りにされるのです。

くりかえします。ゆめ、少女が親しむのにふさわしい小説ではない。少女よ、大志を抱け。狂気を賭し、死を賭しても、不可能をのぞめ。この世の相対的な幸せも、あの世の絶対的な幸せも、今、ここでともにのぞめ。——そんなことをいう本は焚書(ふんしょ)の刑に処されるべきではないでしょうか……。

布の効用
——バーネット『小公女』

　私はむやみに布を集める趣味がある。旅先でもついつい布を買う。そして家に戻って、広げたり、畳んだり、しまったり、挙句はしまい場所に困り果てたりしながら、ふと、どうしてこんなことになってしまったのだろうと考える。思い当たるのは小さいころくり返し読んだ、フランシス・バーネット作の『小公女』である。講談社が出した「少年少女世界文学全集」のうちの一冊でもあった。

　大人になって手に入れた原文の『小公女』はたまたまひどい代物であった。表紙の女の子の表情も中の挿絵も、詩情も遊びも風格もない。幸い親しんでいた伊藤整訳、桜井悦挿絵の本は、今も手元に残っている。数知れぬ引っ越しを生きぬき、帙（ちつ）はネズミに食われたように欠けているし、本を開けば背表紙がボロボロと落ちてくる。だが挿絵はすばらしく、日本語訳もわかりやすく格調高い。

読み返せば、最高の少女文学とはこういうものかと、あらためて感心する。

ほんとうの「みなしご」には申し訳ないが、少年少女用の物語の主人公は「みなしご」に限ると思う。頭も身体もできあがっていないころ、親の庇護がないまま世の中に放り出されるのだから、さんざんな目に遭う。その「みなしご」の運命に一喜一憂しながら、子供は大人になるための心の準備をしてゆくのである。

インド育ちで大金持の『小公女』の主人公、セーラ。そのセーラも「みなしご」である。小さいころ母親を亡くし、ロンドンの女子寄宿学校に預けられたあと、しばらくして、インドで破産したという父親も亡くす。大金持の娘から一挙に文無しの孤児に転落するのである。寄宿学校では、今までは暖炉が赤々と燃えた特等室を与えられていたのに、突然、火の気がない屋根裏部屋をあてがわれ、召使いたちの下働きをさせられるようになる。

セーラが十一歳のときのことである。

それまでのセーラはたんに想像力が豊かな女の子だったが、それからのセーラは想像力を日々試される女の子になる。「現実」はボロを纏い、飢えと寒さに震えた、やせっぽちの子供でしかないのに、「想像の世界」ではどんなに虐げられても「公女さま」であろうとするからである。逆境の中で今まで通りの大金持の娘であり続けようとするのではなく、一段と高みをめざし、「公女さま」であろうとするのがミソである。それによって、虐げられれば虐げられるほど、「公女さま」であろうとするという公式ができあがる。

セーラはどんな乱暴な言葉で召使いたちにこき使われても「みょうに上品なことばでへんじ」する。「あの小むすめは、バッキンガム宮殿からでも来たようにお上品にやってるわ」。そんなセーラを忌み嫌うのは、ミンチン先生という女子学校の主（ぬし）である。苦しい目に遭うと「セーラは、ミンチン先生にはわからない表情を浮かべて家の中を歩いていた。この子どもが、世の中のだれよりも高い精神生活をおくっているような顔をしているのが、ミンチン先生には苦の種であった」。

読んでいて悲しい場面は急いで頁をくる。たとえば、あまりのつらさにセーラの「想像の世界」が崩れてしまい、常に自分を見守ってくれていると思っている人形が、「現実」にはガラス玉の目をした物でしかないのに腹を立て、椅子からたたき落とす場面。

そのかわりに楽しい場面はくり返し読む。ある晩目が覚めると、「想像の世界」が「現実」となり、あたかも魔法にかけられたように、暖炉に火が燃え、テーブルに食物が並び、ベッドに絹布団がかかっている場面。不幸に屈しない精神をした小さい女の子をやはり誰かが見守っていてくれたのであった。隣りの館に住むインド帰りの紳士の親切だが、やがてその紳士がセーラの死んだ父親の親友であることや、セーラが実は以前の十倍もの金持になったことがわかってゆく。

そして、その場面で私が一番心を惹かれたのが布の効用である。「きたないむきだしのものは、みんな布でかくされて、きれいになっていた。かべには美しい色どりのふうがわりな布がさきのとがったピンでとめられていた」。その文章に来ると、急転したセーラの部屋の様子が目の前にありありと浮かび、羨ましさで息がとまった。家具も買わず、工事もせず——すなわち、大してお金もかけず、布だけで部屋が美しくなりうるとは。

思えば、布こそ「現実」に魔法をかけ「想像の世界」に変えることができる、もっとも有効なモノである。人に物そのものを変える力がなくとも、布一枚で物が変わってしまう。当時すでに自分は将来お金持にはならないのを知っていたのであろうか、その場面の印象は深く永く心に残った。そして、長じて親の家を出たあと、自分で自由になる部屋を借りるたびに、あちこちに布をかけては安上がりに満足の行く空間に住む喜びを知った。

『小公女』は私に「布の効用」さえも教えてくれたとても大切な本である。

言語の本質と「みなしごもの」

言葉の通じない国の市場を歩いているとしよう。

明るい太陽と青い空。その下に果物や野菜や穀物が色鮮やかに並ぶ、どこか南国の市場である。見れば赤紫に熟れた無花果の山がある。私はお店のおばさんの目をとらえ、無花果を指さし、その指をそのまま一本立てる。おばさんは、私に無花果を一つ手渡しながら指を三本立てる。三デナリなり、三〇ペソスなり、三〇〇ルピーなりを私は支払う。それでおしまい。

モノが目の前にあるとき言葉は要らないのである。

だが、私が市場での果物の祝祭を前に、枇杷を食べてみたくなったとしよう。小さい頃食べた枇杷は香りも高く、ふっくらと優しく、一口嚙めば甘い汁が口の中に広がった。あんな豪勢な枇杷は何十年も食べていないが、この南国ならあのような枇杷をもう一度口にすることができるかもしれない。

ところが、目の前には枇杷がみあたらない。目の前にみあたらないので、指で指すことができない。

もちろん私は「枇杷」という言葉を知らない。

「枇杷」という言葉を知らないから、目の前にはないモノの有る無しを問うことができない。

言葉を知らないから、現実世界ではなく、可能世界——「枇杷がある」、あるいは「枇杷がない」、という可能世界について語ることができない。

このことは、逆に、言語の本質について教えてくれる。言語の本質は、現実世界について語ることになく、可能世界について語ることにある。人類が、太古の昔から言葉を紡いで「物語」をつくってきたのは、そもそも言語の本質が、現実世界ではなく、可能世界について語ることにあるからにほかならない。

虚構というのは、言語の本質に根ざすものである。

だからこそ、「みなしご」を主人公にした物語——「みなしごもの」が世に溢れるのである。

最近まで人はよく死んだ。「みなしご」もたくさんいた。その現実は、一昔前に「みなしごもの」を流行らせたのと無関係ではないだろう。だが、それがそのまま「みなしごもの」の多さに反映されていると考えるのは、想像力不足である。

実際、一昔前の文学――ことに子供向けの児童文学に、「みなしごもの」がいかにたくさんあるかは、指を折って数え始めると目眩（めまい）がするほどである。しかし、親から本を買い与えられる子は、いつの時代でも、比較的幸せな子である。怖ろしい継母（ままはは）がいて、白雪姫のように家から追い出されて殺されかけたり、シンデレラのように一日中床掃除をさせられたりはしていない。片親しかいなかろうと、実際に継母がいようと、なにしろその子には、わざわざ本を買い与えてくれようという、親の庇護がある。

それがその子の現実世界である。

「みなしご」の物語というのは、そのようなその子の現実世界とは別の、可能世界を生きさせてくれるのである。

子供は、「みなしごもの」を読むのを通じて、親の庇護がないという、自分とは別の現実を生き、自分がしていない苦労を経験し、大人になっていく。文学というのは、実は、大人にも同じような作用をもつものである。人が実人生で経験できることは限られているし、また多くを経験したところで、言葉にせずには、真の意味で経験したことにならない。人は物語を通じて可能世界をいくつも生きることによって、自分を離れたところで、自分の人生をも真に理解できるようになるのである。

私もたくさんの「みなしごもの」を読んで育った。

子供は天才だ——なんぞとは、ゆめ、思わないが、たしかに子供の心は印象を受けやすい。しかも同じ本を呆れるほど何度も読んで平気である。そのおかげで、子供のころに読んだ本は、出会いの時期さえ正しければ、その質を問わずに、生涯の愛読書となる。愛読書というのは、あまりにくり返し読んだがゆえに、いつでも、どんなときでも、また読み返したいと思うようになった本だからである。

たとえば、モンゴメリの『赤毛のアン』は、出会いの時期が遅すぎたせいで、もっとも重要な「みなしごもの」の一つなのにもかかわらず、私の愛読書リストには入っていない。

それに引き替え、ヨハンナ・シュピリの『ハイジ』（上下、上田真而子訳、岩波少年文庫）。大人になってからは二度ほど読み返しただけだが、出会いの時期が幸いし、今も立派な愛読書の一つである。いつも、ああ、もう一度読み返したいと思っている。こずえがサアサアと鳴る古いモミの木、干し草の寝床、搾りたての山羊のミルク、パンの上にとろけるチーズ、金色の朝の光——挿絵と共にあれこれと場面を思い起こすたびに、東京の狭いマンションの中に、小さな春の花が咲き乱れるアルプスの風景が一瞬にして立ち上がる。

そしてもちろん、バーネットの『小公女』（伊藤整訳、新潮文庫）『小公子』（坂崎麻子訳、偕成社文庫）『秘密の花園』（龍口直太郎訳、新潮文庫）。

やはり女の子の話がおもしろく、一番よく読んだのは『小公女』。ことにお気に入りの場面は、ある晩、セーラが目覚めると貧しい屋根裏部屋が魔法にかけられたように一転し、壁という壁、家具という家具に美しい布がかけられ、暖炉があかあかと燃え、おいしそうな夜食がテーブルに並んでいる場面である。『小公子』は、小さなセドリックが「ライオンほどもある大きな」犬を怖がらずに凜々(りり)しく伯爵の前に進んでいく場面が好き。『秘密の花園』は、何よりも日本語の題が好きである。原題の「The Secret Garden」よりよほど美しい。「ひみつのはなぞの」という訓読みは耳にやさしいが、漢字が与える印象は大人びており、美しく、妖しい。その題のせいで、自分だけが鍵を開けて散策できる「秘密の花園」が欲しいという思いから一生解放されないまま今に至る。「庭が神秘的に見えるのは、樹から樹へかすみがかかったようにからみついている、つるバラの枝のせいでした」

ああ、そんな、庭が欲しい。

あるいは、エクトル・マロの『家なき子』（上中下、二宮フサ訳、偕成社文庫）と『家なき娘』（上下、津田穣訳、岩波文庫）。もちろん『家なき娘』の方をくり返し読んだ。一銭もないペリーヌが、長旅の末、廃墟となった小屋に住み着き、空缶に工夫をこらして鍋を作ったりと、一人で知恵を絞って生きていく姿が、親の庇護のもとにのうのうと暮らしていた私には羨ましくさえあった。『家なき娘』の本はぼろぼろになり、いつしか手元から消えてしまい、大人になって再読していない。でも、読み返したいと思っている点において、愛読書である。

そして、ジョルジュ・サンド。

『失われた時を求めて』を読めば、プルーストは子供の頃サンドの『孤児フランソワ』を愛読していたらしく、同性愛者でも男の子は男の子だというあたりまえのことを納得した。

私はもちろん『愛の妖精』（宮崎嶺雄訳、岩波文庫）。「みなしご」ファデットは、薬草に詳しく魔女よばわりされているおばあさんに育てられている。まずはその設定が、おとぎ話めいていて、いい。評判の美人よりも踊りがずっと上手いのもいい。昼夜裸足で野を駆けめぐり、いい若者が夜を怖がるのをからかうのもいい。ハドソンの『緑の館』（蕗沢忠枝訳、新潮文庫）に出てくる「みなしご」のリーマもやはり野育ちだが、作者が男だから、ひたすら可憐である。でも、蜘蛛の糸で編んだ服を纏い、それが森の光のもとで、いろんな色に輝いている場面など、今読み返しても、息をのむほど、いい。

独立心が旺盛なのは、ウェブスターの『あしながおじさん』（松本恵子訳、新潮文庫）の主人公ジュディ。孤児院育ちだが、自立して働けるようになったとたんに、「あしながおじさん」からもらっていた奨学金を返し始めようなどと思うあたりが、あっぱれである。いかにもアメリカ女性の書いた「みなしごもの」である。

あと、男の子の「みなしごもの」といえば、まずはマーク・トウェインの『トム・ソーヤーの冒険』（大久保康雄訳、新潮文庫）と『ハックルベリー・フィンの冒険』（上下、西田実訳、岩波文庫）。両方とも、もう児童文学の域を出る。後者にいたってはアメリカ文学の最高峰の一つで最近も読み返した。

ディケンズは「みなしごもの」を驚くほど沢山書いた。『デイヴィッド・コパフィールド』『オリバー・ツウィスト』『大いなる遺産』『骨董屋』『ニコラス・ニコルビー』。今文庫本で読めるのは、最初の三作だけだが、一つだけ読むとしたら、もちろん『デイヴィッド・コパフィールド』（全五巻、石塚裕子訳、岩波文庫）である。

文学史上世界最強コンビのブロンテ姉妹の『ジェーン・エア』と『嵐が丘』も「みなしごもの」である。

シャーロットの『ジェーン・エア』（上下、大久保康雄訳、新潮文庫）は、のちの女性作家にとってはこんこんと尽きぬ命の泉である。映画で有名になったデュ・モーリアの『レベッカ』の、最後まで名前の出てこない女主人公。彼女の人物造形も『ジェーン・エア』という先行作品なしにはありえない。（『レベッカ』は最上級の文学ではないが、最上級の読み物である。）エミリーの『嵐が丘』（鴻巣友季子訳、新潮文庫）となると、その物語の核をなす狂気の愛憎の世界はもう「みなしごもの」の範疇（はんちゅう）には収まらないが、二人の恋をあのようなものにしたのは、やはり、両親の不在という条件である。

思えば、サッカリーの『虚栄の市』（全四巻、中島賢二訳、岩波文庫）のベッキーも「みなしご」。とんでもない娘だが、その計算高さと不道徳といけ図々しさをおもしろおかしく描くサッカリーの文章によって、ひどく魅力的な人物として心に残る。超一流の作品である。

そのほか愛読書で、準「みなしごもの」はたくさんある。オルコットの『若草物語』（中山知子訳、講談社青い鳥文庫）は両親はいるが、お父さんが南北戦争で不在なので、準「みなしごもの」。読み返すうちに本を丸ごと暗記してしまったような気がする。スタンダールの『赤と黒』（上下、小林正訳、新潮文庫）のジュリアンも、父親がいるが、そりが合わず、擲られてばかりいたから、やはり準「みなしごもの」。テネシー・ウィリアムズの『ガラスの動物園』や『欲望という名の電車』（いずれも小田島雄志訳、新潮文庫）に漂うどうしようもない悲しさも、父親が早くに死んでしまったせいである。もちろん、チェーホフのあの『三人姉妹』（『桜の園・三人姉妹』神西清訳、新潮文庫）もそう。

ここに挙げた本は私の世代が読んだ本である。私の愛読書リストなどが「yom yom」の若い読者層にとって何の意味をもつのかよくわからない。ただ、右に挙げた「みなしごもの」のうち、少なくとも半数以上はその文学としての質の高さによって、まだ当分は読み継がれる本だと思う。

というより、まだ当分は読み継がれる**べき**本だと思う。

私の「海外の長編小説ベスト10」

①ジェーン・オースティン『高慢と偏見』
②エミリー・ブロンテ『嵐が丘』
③シャーロット・ブロンテ『ジェーン・エア』
④スタンダール『パルムの僧院』
⑤オルコット『若草物語』
⑥ディケンズ『デイヴィッド・コパーフィールド』
⑦ド・ラクロ『危険な関係』
⑧フローベール『ボヴァリー夫人』
⑨プルースト『失われた時を求めて』
⑩マーク・トウェイン『ハックルベリー・フィンの冒険』

こうして書いてみると、わかりやすい小説が好きで、その上、極めて平凡で保守的な趣味をしているのが、よくわかる。どれも、少なくとも、三度は読んだ小説である。最初の三冊に至っては何度読んだか分からない。しかも、みな、初めて読んだのが、若いころである。若いころに読むと、こうも深く身に染みこむのかと、恐ろしい。それと同時に、もう、今から新しいものを読んでも仕方がない、再読しかない、とつくづくと思う。そういえば、自分自身、再読してもらえるのを願いながら常に書いているのを思い起こした。

ガートルード・スタインを翻訳するということ
――『地球はまるい』

小説家というものは文学の良し悪しが判ると勝手に思っているものである。私もそうだが、例外がいくつかある。その一つがガートルード・スタインの作品群で、前衛音痴の私には、読む価値があるのかないのか判らないまま今日に至る。ただ、私はガートルード・スタインが、世界、ことに欧米で評価されているのを知っている。そして、日本が世界の一部である限り、世界的に評価されている作家の作品群というものは、翻訳されたほうが喜ばしい――しかも、なるべく正確に翻訳されたほうが喜ばしいと思っている。

そんな意味でも、この夏『地球はまるい』という絵本が出版されたのは喜ばしい（落石八月月訳、ポプラ社）。ガートルード・スタインが南フランスの別荘で暮らしていたときに知り合った男爵夫人の孫娘――ローズ・デギーという、「訳者あとがき」に載った写真で見れば、妖精のように美しい女の子に捧げた本である。風合いのある紙、お洒落な真四角の形、遊び心のある絵と字、薔薇色とブルーの組み合わせ――本がたんなる文字情報ではなく、五感に訴える物として存在することの幸せを感じさせてくれる。しかもそれだけではない。そこに翻訳を信頼できるという安心が加わるのである。

ガートルード・スタインを翻訳するというのは危険な試みである。彼女は難解な作家だと言われている。ところが、彼女が使う英語は、一見、日本の中学校で学ぶような簡単なものでしかない。深い英語の知識などなくとも訳せるのではという錯覚を起こさせる。だがスタインを翻訳するのに必要なのは、一にも二にも、深い英語の知識である。どの翻訳にも言葉の知識は必要だが、スタインの場合はことにそうである。彼女の文章は、判るようでいて判らない、判らないようでいて判るという、言葉の微妙な状態を楽しむものだからである。言葉遊びや、音のくり返しを含めて、言葉――より正確に言えば、書き言葉が、いかに規範から逸脱しているかを楽しむものだからである。しかも、そこにあるのは、あくまで微妙な逸脱でしかない。それゆえ、彼女の文章がいかに規範から逸脱しているかを知るには、そもそも何が規範かをよく知らねばならない。ふつうの英語というものを、とことん知らねばならないのである。

例えば「Willie stopped again and again he began to sing」という文章。スタインは

句読点を「面白くない」と避けたそうだが、「面白くない」というのは彼女一流の言い方である。英語で句読点がなければ、意味はしばしば決定不可能になり、彼女はそれで遊んだのである。右の文章も、「Willie stopped again/and again he began to sing」「Willie stopped again and again/he began to sing」「Willie stopped/again and again he began to sing」という、少なくとも三つの意味が可能である。だが、それを知るのには、まずはこの簡単な文章が「ふつうの文章」ではなく「変な文章」であるのが判らねばならない。それは、英語を母語とする人には自然にできても、外国人には長い修練が要ることである。三十余年前に富岡多恵子氏がスタインの『三人の女』を訳されたのは、当時スタインが日本ではほとんど知られていなかったのを思えば勇気ある行為だったのかもしれないが、もしご本人の言葉通り、「英語の小説など一冊も読み通したことがなかったとしたら、試みられるべきではなかったと思う。

『地球はまるい』は、詩人ぱくきょんみ氏の訳（『地球はまあるい』一九八七年）がすでにある。ぱくきょんみ氏の訳は優しく、美しく、日本語として読みやすい。好感がもてる訳である。だが、ところどころではあるが、誤訳が目につく。一番の問題は、「Rose was her name and would she have been rose if her name had not been Rose」という一連の文章の読み違えである。スタインは疑問符を使わないが、このような「would she have been...」は「no」という答が返ってくることを予期した反語的な質問（rhetorical question）なのである。ぱくきょんみ氏は「たとえ彼女のなまえがローズでなかったとしても彼女はローズだったことでしょう」と訳すが、これでは意味が逆になる。『地球はまるい』は、もし自分の名前がローズでなかったら、自分は自分でなかっただろうと考え続けている女の子の物語なのである。

幸い落石八月月氏訳は「ローズは名前がローズじゃなかったら自分は今の自分だろうかと考えた」である。謎々のようなスタインの文章を考えれば、氏の訳に「誤訳」がないことはありえないであろう。私ならちがう風に訳すと思う箇所もいくつかある。だが一生スタインと付き合ってきた落石氏である。例えば「Light is bright and what is bright will confuse a little rabbit who has not the habit」という文章。そこには light と bright、そして rabbit と habit という英語の音の遊びがあるが、それを氏は思い切って「明るい明かり、ウサギはいさぎよく道をふさぎ！」と日本語の音で遊ぶ。あえて「誤訳」をしたのが判るのは、全体の訳を信頼することができるからである。

『地球はまるい』には物語はない。ローズという名の青い眼をした女の子が、青い色が好きで、青い椅子を抱えて一所懸命高い山に登るというのが唯一の物語らしい物語である。だが、先ほどの反語的な質問も含めて、本質的な問いに満ちている。ローズが名前だというのは、本来、固有名詞であるべきものが、普通名詞（薔薇の花）でも、形容詞（薔薇色）でもあるのを意味する。しかも、「薔薇の花」は、西洋の言葉では、女の美しさを象徴する。ということは、ローズという女の子は自分が知らぬまに、女の美しさの象徴であれ、と運命づけられているということか。彼女はあたかもその運命に抗うように、青い眼をし、青い色が好きである。だが、自分のアイデンティティはすでにローズという名前と分かちがたくなっており、いとこのウィリー（意志の人）が、たとえ自分はヘンリーという名であっても、自分は自分だと考えるような訳にはいかないのである。

それにしても今回英語と日本語を読み比べて思った。日本語とは何と自在な言葉であろうか。英語のような言葉では、子供の言葉とは、意識的に降りていってようやく到達する無意識のようなものである。それが日本語の子供の言葉は、すぐそこにある。どこにでもある。しかも、女の子の言葉という可愛らしいものまである。

昔こんな本が在った
——松島トモ子『ニューヨークひとりぼっち』

私の小さいころ、松島トモ子という少女は、たいそうな人気であった。少女雑誌のグラビアは彼女の写真であふれていた。いつも、うるうるとした、驚くほど大きな、まさに劇画のお姫さまのような目をしていた。特大リボンがよく似合っている。やがてその松島トモ子がニューヨークに留学し、その体験をもとに本を出したという話をきいた。だがそのあと、彼女のことを思い出す機会はなかった。

それがつい二、三年前のことである。彼女のその本を古本屋でみかけた。松島トモ子という名にふいに郷愁にかられ、買って帰れば、夢中になってページをくるほどの面白さ——『あしながおじさん』でも読んでいるような面白さである。ナンダ、彼女ハ、頭モ良カッタンダ……。しかも、妙に考えさせられた。

一九六四年、十八歳の松島トモ子はニューヨークに留学した。この本は、その時の日記と、母親宛ての手紙とを一緒にしたものである。読者は読み進むうち、いつしか、健気な少女の悩みに真剣につきあうことになるのである。

ニューヨークはミュージカルの本場である。そこに「ミュージカル留学」をした松島トモ子が直面する悩みは、予想されよう。一緒にダンスを学ぶアメリカ娘が、舞台裏で彼女にそっとささやく。「わたしたち、いつになったら、舞台に出られるのかしら？」その娘に向かい、自分がいつも舞台の中心で歌ったり踊ったりしてきたこと、八十本もの映画に出演したことなどを言っても、「大ウソつき」だとしか思われまい。「恥ずかしかった。いままで、これでよくお客さまの前に立てた、と恐ろしくなった。」

「恐ろしい」――この言葉はこの本の途中から頻出する。だがいくら若くても、人生を選び直すのは容易ではない。松島トモ子は、芸能界を去る代わりに、脚光をあびるに値する「実力」を身につけようと、邁進するのである。

当時、日本の一人あたりのＧＮＰは、アメリカの六分の一であった。彼女は「世界一大きなニューヨーク市の、一番ちいさな室」を借りる。バス代を惜しんで毎日二時間歩く。昼ご飯も朝食の残りですます。洗濯も手でする。そして、一つでも多くレッスンをとり、留学の成果をあげようとする。「デッカイ」アメリカ人の間に入り、体力の限界までがんばろうとする。

見上げたものである。

ただ、そのような努力は、日本の芸能界に戻るのに意味あるものだっただろうか。

その後、松島トモ子がどう生きたのかは知らない。ただ私は想像するのである。ニューヨークで得た「実力」などという観念。それこそ、彼女を待っていた日本の芸能界では、余計な観念ではなかったか。私がそう想像するのは、彼女のことを思うからだけではない。あれから三十余年。日本の一人あたりのＧＮＰはアメリカに肩を並べたというのに、どういうわけか、歌や踊りの方はそう大きく進歩した風もないからである。

歌や踊り――芸能が「実力」と関わるというのは、世の常識である。日本人もそう信じているであろう。それでいて、その常識と別に機能している。それが日本なのである。

何をやるのも一緒
——辻佐保子『「たえず書く人」辻邦生と暮らして』

物書きの妻といえば、漱石の『道草』に出てくる妻。夫が何かを言うと、赤ん坊に頰をよせ、「御父様の仰る事は何だかちっとも分りゃしないわね」と返す。どちらが悪いのでもない。夫と妻は全く別の世界に住んでいるのである。

敗戦がもたらした善きことの一つに男女同権がある。女も平等に教育を受けられるようになった。その大いなる成果が、本書の著者、辻佐保子で、イタリア美術史の学者である。

辻邦生自身は、旧制高等学校を出て物書きになった旧い世代の作家である。だが、辻邦生の妻との関係は新しい。まったく新しい。平等な教育を受けた妻と一緒になったからである。

夫は創作家であり自分は学者であると著者は言う。夫は思索的で自分は視覚的であると著者は言う。だがそんな違いは大したことではない。二人は同じ世界に住んでいるのである。

だから、何をやるのも一緒。

呆れるぐらい一緒。

「そのころ私たちは、日曜日ごとにラテン語の勉強をかねて黙示録を読んでいた」。「軽井沢にもどる最終列車のなかで、北原白秋や西条八十の童謡をつぎからつぎへと二人で歌い続けていたこともある」。「眠る前のひとときなど、次つぎと芭蕉の句を暗唱しながら、どんな光景が眼に浮かぶかをお互いに語りあうのも……忘れ難い楽しい遊びだった」。妻が外国の学会に出る時は「どこへでも機嫌よく同行して」くれる。おまけにイタリア政府から「二人揃って」勲章をもらったりもしている。

本書から立ちのぼるのは、「たえず書く人」の超人的に勤勉な姿である。同時に、「文化」「教養」「芸術」三昧の贅沢な人生を生きた夫婦の姿である。だがその姿は地から浮いた姿ではない。随所随所に書き込まれたかつての日本の貧しさがあり、それゆえに、二人の理想主義は今の世にはもう不可能な尊さを感じさせる。

子供のころ辻邦生は、「魚屋の前で、お財布を手にぼんやり立っている母の姿を見て、『ぼくがお嫁さんをもらったら、決してこんな悲しい目には合わせない』と誓ったという」。

誓いを守り、それ以上を与えた夫であった。

「死んだ人」への思いの深さ
——関川夏央『豪雨の前兆』

自分の話から始めるのを許していただきたい。

あちこちで書いているので、ご存じのかたもおられるかもしれないが、私は中学に入ったところで父親の仕事の都合で家族とともに太平洋を渡り、長年アメリカに住んだ。中学生や高校生のときは、母が荷物に入れてもってきた、祖父母の時代の円本などを読んで育った。そのあとは、アメリカの大学の図書館で文学全集や個人全集を読んだ。その結果、私にとって日本語の作家とは、とうに「死んだ人」たちを意味するようになったのである。それでいて私は、それらの作家を、「死んだ人」たちだとは思っていなかった。彼らの書いた文章を、「死んだ人」たちの文章だとは思っていなかった。たんに、日本語の文章だと思っていたのである。日本語とはああいうものだと信じていた。

三十歳を超えて日本に帰ってきたとき、驚いたのは、生きている人たちの書く日本語であった。私より下の世代の書く日本語だけに限らない。同世代の人たちの書く日本語も同様であった。

「若い人」が書いているとしか思えなかった。

私はまさに「浦島太郎」になってしまっていたのである。しかも私は竜宮城で美しい殿御(とのご)を相手に、美酒に酔い、美食に舌鼓を打ち、故郷を忘れておもしろおかしく暮らしていたのではない。異国にありながら、一日も早く故郷に帰り、同じ過去を共有し、同じ言葉を解する人たちと交わりたいと思い暮らしていたのである。ところが帰ってみれば、小さいころは一緒に遊んでいたはずなのに、私一人が海老腰白髪の媼(おうな)となり、あとはみなつやつやと若返ってしまっていた。

なぜ日本語が変わってしまったのかはよくわからない。戦後民主主義教育の中で、戦前の日本を否定すること、それが歴史を否定することにつながり、そのうちに、その否定がたんなる忘却と化したのであろうか。忘却の中で、新しさということのみに意味を求めるようになったのであろうか。ずいぶんと前のことになるが、日本に帰ってきたときに受けたその衝撃から私は立ち直れず、以来、生きている人たちの文章を読むのをおおむね断念した。読めば読むほど、まだ生きているのが、淋しくなるからである。生きている人の文章を読むことなく月日を送るうちに、生きている人の文章にかんして何か書くことを依頼されても、断るのが習い性になってしまっていた。

そんな私に、関川夏央氏の『豪雨の前兆』の文庫版の「解説」を書いてほしいとの依頼があった。同世代の関川氏は私にとっては「若い人」である。ああ、また「若い人」の本だ。またお断りしなくてはならない、と思いながら本を手にとり、漫然とページをくると、さまざまな漢字が眼に飛びこんでくる。「若い人」がふだん使わないような言葉に眼が引き寄せられる。文章の断片が眼に飛びこんでくる。深く考える前に、思わず、「まるで死んだ人が書いたみたいだ」というせりふが口をついて出ていた。本を閉じると、今度は帯にある文章が眼に飛びこんできた。「それでも私は死んだ人を好む」。不思議なこともあるものだと思った。帯にはこうある。

それでも私は死んだ人を好む。みな、その書きものを通じて親しくなった人たちである。彼らの書きものには恩義がある。私は忘恩の徒でありたくないし、死者たちの生きた時代が過去にすぎないという理由で差別することは、私にはとうていできないのである。

生きているのに「死んだ人」を好む作家がここにもいたのであった。

『豪雨の前兆』は一九九九年五月に単行本が出版された。『文學界』に連載された文章や『新潮45』に掲載された文章を中心に編纂された本で、まとまった主題を追求したものではない。だが、著者自身が単行本の「あとがき」に書いているように、そこには共通したものがある。「死んだ人」への思いの深さである。「永らく私は昔のことばかり考えていた。自身の昔ではない。未生以前の歴史中に遊んで、『いい人は死んだ人ばかりだ』と軽率な騎兵隊長のようなせりふを始終口にしていた」——と著者は述懐する。『豪雨の前兆』に収められた文章はまさに著者自身が言うように「弔文」なのである。

そこに出てくるのは、まずはその死も私たちの記憶に新しい、須賀敦子、吉行淳之介、藤沢周平、司馬遼太郎、伊丹十三、松本清張などの「死んだ人」たちである。次に、その死がどこかでまだ記憶に残っている、中野重治、小津安二郎、高村光太郎、志賀直哉、朴正熙などの「死んだ人」たちである。しかしながら、そこに最も多く出てくるのは、その死からすでに久しい時がたった、夏目漱石、石川啄木、野口雨情、岩野泡鳴、国木田独歩、二葉亭四迷、樋口一葉、乃木希典、大久保利通、田山花袋などの「死んだ人」たちである。著者が長い間「未生以前の歴史中に遊んで」きた当然の結果であろう。

また、そのようなおびただしい数の「死んだ人」たちとともに出てくるのは、おびただしい数の「死んだ言葉」、あるいは「死につつある言葉」である。「死んだ人」たちが生きていた時代には日常的に出てきた言葉——のみならず、われわれが小さいころにも言葉である。

まだ日常的に出てきた言葉、しかし、ふと気がつけば、急速に消えていっている数々の言葉である。

第Ⅰ部の「操車場から響く音」だけで、そういった懐かしい言葉がいったいいくつ出てくるであろうか。夜行列車、結核療養所、石炭、関門海峡、発車のベル、つばめ、はと、蒸気機関車、開襟シャツ、煤煙、生活綴り方運動、下駄、鉄道員、機関士——これらは日本の高度成長の中で自然に消えていった言葉である。新幹線が日本列島を縦断するにつれ、夜行列車は日常性を失った。抗生物質の発達とともに結核療養所は消えた。石炭は石油に駆逐された。話が戦前まで遡れば、また別の種類の言葉が続々と出てくる。紡績工場、女工、職工、強制労働、兵隊、海軍通信学校、特高、日露戦争、満洲行、大連、旅順、艦砲射撃、ハルビン——こちらは、戦後民主主義の中で、日本人がこぞって過去に葬ってしまおうとした言葉の群である。

そのようなおびただしい数の言葉のほかに、さらにおびただしい数の引用がある。引用とは「死んだ人」たち自身の言葉である。そして『豪雨の前兆』で、著者は「死んだ人」たちの言葉をあちこちから自在にひっぱり出してくる。場合によっては、「死んだ人」が自分の前に「死んだ人」の言葉について、書いた言葉もある。そこでは「死んだ人」たちの引用は重層的に響きあう。

たとえば第Ⅱ部の「豪雨の前兆」。この章はさまざまな漱石の引用を中心に構成されているが、漱石の引用の、そのまた中心にあるのが、漱石自身が書いた「弔文」である。そしてその「弔文」を漱石に書かせたのは、一人の人間の遺書である。明治四十三年四月十五日、一艘の潜水艇が広島湾で沈没したとき、艇長、佐久間勉海軍大尉は二酸化炭素中毒で絶命するに至るまで、遺書を鉛筆で書きしるした。その遺書を入院中に改めて読んだ漱石は、大尉の文章に打たれ、朝日新聞に二回にわたって自分の思うところを書いた。『文藝とヒロイック』では、その遺書を「本能の権威のみを説かんとする」自然主義と対比させ、「今日の日本に於て猶真個の生命あるを事実の上に於て証拠立て得たるを賀するものである」とし、『艇長の遺書と中佐の詩』では、その遺書を、もう一人の英雄の「俗悪で陳腐」な詩と対比させ、「一画と雖も漫りに手を動かす余地がない」状況が書かせた名文だとした。漱石のこのような文章は漱石全集で読めるが、漱石が感銘を受けた遺書そのものは、別の場所から著者がとってきて引用したものである。漱石の文章も、その引用と並んで初めてそこに本来あった思いの深さが伝わる。私自身感銘を受けたので、もう一度その遺書を引用するのを許していただきたい。「小官の不注意により、陛下の艇を沈め部下を殺す、誠に申し訳なし。されど艇員一同、死に至るまで皆よくその職を守り、沈着に事を処せり。我等は国家のため職に斃れしといえども、ただただ遺憾とする所は、天下の士はこれを誤り、以って将来潜水艇の発展に打撃を与うるに至らざるや憂うるにあり。希わくは諸君ますます勉励以ってこの誤解なく、将来潜水艇の発展研究に尽力されんことを。さすれば我等一も遺憾とする所なし」。

さて、「弔文」にはそれを読み上げる生者が必要である。『豪雨の前兆』にも、「死んだ人」たちの要(かなめ)に、精力旺盛に生きる人の姿がある。著者自身の姿である。『豪雨の前兆』が「死んだ人」たちについて語りながら、ひどくなまなましいのは、「死んだ人」たちの世界への入り口が、著者のきわめて個人的な思い出とかかわっているからである。著者は子供であったり、青年であったり、中年であったり、人生のさまざまな段階にいる。そして、そのような著者の思い出を通じて過去へといざなわれる読者は、平成から幕末、そして幕末から平成までと、近代日本の時間の中を行ったり来たりするうちに、しみじみと、「日本人ははるけくも来つるものかな」と思うのである。しかも、著者自身すでに五十年生きている。昭和二十四年生まれの著者は、半世紀前、片田舎に育つ、汽車が好きな子供である。著者自身が描く、夕暮れ時、線路の脇に立ち汽車に向かって熱心に手を振るその姿は、いかにもつましく、もの淋しく、それでいて未来というものに漠然と夢を抱いていた当時の日本そのままの姿である。「濃紺の夜の気配と残照とが空にせめぎあう黄昏時など、列車の尾灯の美しさに切ない気持になった。それは、片田舎にとじこめられた自分の身の上への悔しさと、前途に横たわる厖大な時間への不安、そういったものを感傷で包みこんだ甘くてもの悲しい気分であった」。ところがそんな子供が大人になったころには、雑誌社の招待で飛行機のファーストクラスで香港に行き、グルメ・ブームのさなか、有名料理店で、「さすがだね、奥が深いね」「絶品ですね」と舌鼓を打つ人とともに食事をしたり、「近未来都市の建築物のような高級ホテル」に泊まったりするようになるのである。要所要所に出てくる著者の思い出を辿るだけでも、「日本人ははるけくも来つるものかな」と思わされるのである。

それにしても、全体的になんと「男らしい」印象を与える本であろうか。その印象は、一つには、右で述べたような、全編を通じて垣間見られる著者の人生の断片からくる。私が女だから大げさに反応するのかもしれないが、いかにも男の人らしい人生である。「死んだ人」を好むという精神を共有していても、男と女ではこうもちがうのかと、ひたすら感心する。

私は一度だけ関川氏に会ったことがある。数年前、朝日カルチャーセンターが主催した、「一九〇〇年の漱石——その倫敦体験と日本の近代」というシンポジウムにともに出席したのである。私自身漫画が好きなこともあって会う前に谷口ジロー氏との共著、『坊っちゃん』の時代』を読んで準備をしたが、漫画の絵そのものは関川氏がお描きになったものではないので、今一つどういう人物なのかわからなかった。当日印象に残ったことが二つある。一つはオートバイで会場までいらしたということである。講師控室でそれを聞いた私はびっくりした。自転車にすら乗れない私はオートバイに乗るのを男らしいことだと思っており、もの書きでそういう男らしい人がいるとは想像だにしなかったからである。同時に恐れた。風貌にもいかついところがあり、とんでもないマッチョかもしれないと恐れたのである。ところが会場で自分の番がきたとき、氏は開口一番、私が数日前朝日新聞に書いた漱石についての文章を指し、自分が書きたかったことがそのまま書いてあるとおっしゃった。私の文章をほめて下さったのである。もう著者自身は覚えておられないだろうが、私はたいへん気をよくした。優しい人だと思った。そうして、こんな風に数百人の聴衆を前に堂々と女の人をほめられる優しさは、真に男らしい証拠だと思った。

『豪雨の前兆』で垣間見られる著者の人生は、そんな私の印象よりもさらに「男らしい」ものであった。それは、著者が内心自分のことを「煮えきらない」とか「めめしい」とか感じているのとは関係がない、もっと即物的なレベルでの話である。子供のころ、鉄道好きが昂じて、「毎日鉄道地図を眺め、無意識のうちに全国の駅名を暗記してしまう病気にかかった」というのは、「男らしい」という以前に、まことに「男の子」らしい。また、高度成長期のしまいの方に地方から出て学生生活を送っている最中の思い出。こちらの方は「男らしい」というよりも、「男臭い」と言うべきか。知らない銭湯に一人で行く勇気がなく、仕方なしに、友人と一緒にいったことがある銭湯へとわざわざ電車で四十分かけて通ったという話や、十年間にわたって毎日焼き鯖の定食を食べ続け、「鯖の大群をそっくりひとつくらい食べてしまったのではないか」という話――実にむさ苦しいが、それが、いい。垢と鯖の匂いのまざった体臭が匂ってくるようで、ヒエッとその場を飛んで離れ、かといってほんとうには去りがたく、物陰から首を出して珍しいものを見ていたいような、そんなところがある。三十代半ばに世界中を一人で物見遊山したというのも、いい。当人は厭世気分での旅かもしれないが、こちらは羨ましい。壮年の男の人の体力が羨ましいし、なによりも男の一人旅の野趣が羨ましい。中年になって、横顔が美しい女友達を吉行淳之介と共有したりしているのも、少しシニカルな面影が想像できて、いい。さらに言えば、たまに出てくる母親に対しての冷たいまなざしが、これまた、いい。「母の圧制」や「母のリアリズム」などという抑制の効いた表現もいいし、「私の場合はひたすら母親を恐れるばかりだった」、あるいは、「私はそれまで塩鮭を憎んでいた。母が異常に好んでいたからである」などという文章にも、そこで踏みとどまり、それ以上先にいかないゆえに、かえって想像を掻き立てられる。親子であっても、娘が母を疎むのとはちがう男女のあいだ特有の酷さがそこにはあって、その酷さが、いい。

だが、『豪雨の前兆』が「男らしい」印象を与えるのは、そのような著者の人生を離れたところに、さらに別の、そしてさらに根源的な理由がある。それは、著者の思いが、明治維新のころに活躍した、あの憂国の士の思いにつながるからにほかならない。ページをくりながら、硬派だなあ、と思ったが、まさに硬派という言葉が生きていたころの精神を継承しているのである。維新の志士たちとは、「赤子のようにひ弱な明治政府を守ろうとひたすらつとめた男たち」である。平成の日本で、正面切って、維新の志士たらんとこころざすには、あまりに含羞が強い著者である。だが、このような日本でよいのだろうかという、今の日本に安住できない思いは、全編を貫く。

たとえば、第V部の「大久保利通の『発見』」である。司馬遼太郎と韓国のかかわりを中心に話が進むが、司馬遼太郎が書いた『翔ぶが如く』や『坂の上の雲』などという作品を、韓国人はどう読むか。一方は大久保利通の話で、もう一方は日露戦争の話である。戦前に朝鮮で生まれ、のちに朝鮮文学研究者となった田中明という人物が驚いたのは、司馬遼太郎を好んで読むという韓国人の友の言葉である。「小説に出てくる人間が、みんな国のことを考えているんだな」。田中明は友のその言葉に打たれ、「彼の読み方のほうが、切実なだけによっぽどまっとうだ」と思う。その田中明の言葉を引用する著者自身も、自分が司馬遼太郎を読んだとき、「韓国人のような『切実』で『まっとうな』読みかたをしていたかといわれると、それは違うようである」と反省する。田中明の韓国人の友は、暗に韓国人が「国のことを考えていない」のを憂いているわけだが、その憂いゆえに、国民国家の成立の可否について、切実でまっとうに考えることができる。「国のことを考えている」ということの意味が理解できるのである。逆に言えば、日本では「国のことを考えている」ということ、著者の言葉で言えば、「日本人は先人の余徳によっていま生かしめられている」ということが、理解できなくなっているということにほかならない。

最後に、著者の硬派な精神と切り離せないのが、硬派な文体である。『豪雨の前兆』には、わずかではあるが、もう現代日本語文から消えてしまった漢文調の残り香がある。漢文調の残り香とは、漢字が多いということとはちがう。たとえば学者の書く文章は、漢字は多いが、漢文調の残り香があるとは言いがたい。西洋言語にある概念を漢字で表した単語が多く使われているだけだからである。それに対して著者は、ああ、こういう日本語をかつて日本男児は使っていた、としみじみ思わせる表現を使う。「官たるをめざす」「天の配剤の酷薄さを恨んだ」「無念さもひとしおだった」「白い鵞毛のごときものである」「礎石たらしめようとする」等々である。

ある文章が模倣の欲望を生むというのは、その文章に宿る力ゆえである。『豪雨の前兆』を読んで、私も「男らしい」文章で書きたくなった。

Ⅱ　深まる記憶

数学の天才

わたしは数学の天才であった。

というより、ある日、とつぜん天才となったのである。

それは中学一年の時であった。なにしろ数学の先生が黒板に問題を書きはじめるやいなやもう答えがわかってしまうのである。驚愕した先生からの手紙が両親のもとへと舞いこんできた。

「お宅のお嬢さんは数学の天才です」。

そして中学二年の幾何学の授業。

こんなんむずかしすぎらあ、と悪餓鬼が試験の最中に大声で文句をいう。そうだ、そうだ、とクラスのあちらこちらで声があがる。授業でちゃんとやりましたよ、と先生が皆を静める声がそれに混ざる。わたしはといえばすべての喧騒をしりめに黙々と答案用紙を埋めているのである。やがて誰よりもはやく終ってしまう。すみからすみまで見直してもまだ時間がある。もうやることがない、と立ちあがるとほかの連中があっけにとられて見るのだが、そのなかを得意を隠して答案用紙を提出するのである。ええーっ、かの女、できてるんですかあ、と先ほどの悪餓鬼がトンキョウな声できく。先生は無言でわたしの答案に目をやり、しばらく読んでからおもむろにうなずく。皆がため息をつく音がきこえる。そして例のせりふがどこからともなくきこえてくるのである。

「天才だからしかたがないさ」。

中学校、高等学校を通じてこのせりふを何度耳にしたことか。

実際わたしは「天才」であった。

ただしそれは親につれられてアメリカに着いたその日からのことである。それ以前はもちろん天才ではなかった。鈍才であった。小学校の算数の授業にはどうにか追い付いていったのが、中学校に入り、その名も数学と変わってからは完全にお手上げであった。昼ご飯のあとの数学の授業は、うらめしいほどうららかな日だまりのなかで眠気との戦いの連続でしかなかった。あわや落後者となる寸前にアメリカ行きが決まったのである。以来数年間にわたってわたしは数学をもっとも得意な科目とする人間に変身したのだった。

日本の小学校の算数でもってわたしはアメリカの中学校、高校、と無事に通過してきただけではない。大学で一度も数学の授業をとらずにいたにもかかわらず、そしてそのあとさらに数年間の空白があったにもかかわらず、大学院に入るための全国試験においてさえ優秀な成績をおさめたのである。

しかしわたしがここで述べたいのは日本の数学教育に対する感謝の念ではない。それは「自分」というものをひとつの実体としてとらえることの不可能性であり、また、その不可避性である。自己というものが諸関係の総体でしかないということは現代の常識である。そのような常識を知らなかったわたしは、日本からアメリカへとわたしをとりまく諸関係が変わってしまったあと自己をどう定義するべきかにはなはだしい困難を感じていた。現に数学が得意なのに、ほんとうは苦手なのだという時、このほんとうはどういう意味においてほんとうにほんとうなのであろうか。日本のような小さな島国のほんとうよりアメリカのような大国のほんとうの方がより世界的な意味においてほんとうなのだからわたしはホントーは天才ではないだろうか。

だがこのような論法も、わたしが「数学」という言葉をきいた途端に感じる根源的な恐怖の前では無力であった。意味のないことだといくら言い聞かせてもすでに不可避的にほんとうの自分が存在していた。鈍才としての自分が存在していた。ほんとうの自分とは母国語形成期における諸関係の総体だといえよう。日本経済のためには進んでいるのが喜ばしいとはいえ、個人的には、わたしにこのように不幸な自意識を植えつけた日本の数学教育である。恨みはあっても感謝の念などなくて当然であろう。

美姉妹

美姉妹の思い出である。

小さいころ、毎週日曜日になると田園調布のピアノの先生の家に通った。楽譜鞄を片手に、駅を降り、整然とした並木道を上り始めると、それだけでもう半分外国へ行ったような気がした。すべてが静謐であった。上品であった。並木道の突き当たりを曲がって少し行くと先生の家で、道から洋館の出窓が見えた。

先生の祖父にあたる人が有名な会社の創立者である。当時日本に数台しかなかったロールスロイスを伯父さんがもっているという話も聞いた。留守番の夫婦のいる、お寺のような大きな門のあるお屋敷に連れられた記憶もある。

それでいて先生のお宅には「富」「権力」「地位」の露骨な匂いはなかった。地味な着物を着て、子供相手の挨拶にも、両手をつき、丁寧に言葉をつくして下さる母親がいるのがどこか俗世を離れた印象があり、それがそのままこのお宅の印象であった。

末っ子の先生には上に兄姉がいる。お兄さんたちは何人いたのかも判然としなかった。その代わり、先生のお姉さんというのには慣れ親しんだ。

二十代の姉妹は対照的であった。

先生は、頬はすっきりとはしているが、丸顔で、眼が大きく、モダンな顔立ちである。お姉さんの方は面長で、少しつりあがった眼をしていて、浮世絵にそのまま出てきそうである。

二人の趣味もまったくちがった。

先生は手が小さいからと、音楽学校を出たあとはジャズピアノを勉強している。お姉さんの方はお習字である。

お稽古のあと奥の日本間の方に遊びに行くと、畳の上に大きな長い紙が二枚並び、文字らしいものが躍っている。優しい姿でその前に坐っていたお姉さんが、私を認めて白い指をさす。

——こっちがお手本。

——どうちがうの？

——どうちがうって、だって、もうまるっきりちがうのよ。

母から聞いた話では、このお姉さんの方は、胸を患ったことがあり、結婚は諦めているらしいという。子供の私にはよく判らなかったが、そう聞いたせいか、少し淋しそうに見えた。

よくあることだが、対照的なこの二人も、立姿を並べれば、まごうことなく姉妹であった。背が高く、すらりとした腰つき、すらりとした手足をしているのが似ている。声も話し方も身のこなしも似ている。そして二人揃うと、姉妹であるがゆえの美しさというものが醸し出され、格別であった。

たんなる美人は、そんなに有り難がるようなものではない。その美しさには、「偶発性」が介入している可能性があるからである。彼女は凡々たる家族の中に一人突然変異のように生まれ、その幸運を生かそうと、凡々たる家族の中で努力して自分を美人に仕立て上げていったのかもしれない。遺伝子の悪戯と本人の意志の力で、たまたま美人になったというだけなのかもしれない。要するに、たんなる美人とは、どんな出自でもありうるのである。

美人は民主主義的でありうる。

ところが美姉妹は別である。揃って美しいという事実——それは彼女たちの美しさが「必然性」によることの証しとなる。美しくしか生まれようもない血筋。さらには、美しくしか育ちようもない育ち。遺伝からいっても環境からいっても、彼女たちが美しいのは、お伽噺のお姫様が美しいのと同じような意味において、必然なのである。

美姉妹は民主主義とは遠い。

そんな二人の美姉妹としての苦労を知ったのは、ある夕方である。私が帰るとき何やら彼女たちがひそひそと話している。どうやら駅の近くに用があり、私を送りがてら二人で駅まで行こうということらしい。

妙に言葉少ない道中であった。例の並木道に出て駅の方に曲がろうとすると、ね、美苗ちゃん、こっち、こっち、と遠慮がちな声がする。人通りの少ない裏道から抜けたいという。

――だって、こんな格好でしょう。

と、その声が続いた。

こんな格好というが、二人とも上等そうなセーターにスカートというでたちで私の眼には充分に美しい。しかも駅の近くまで行くだけである。だが二人にとっては人前に出られるような格好ではなかったとみえ、その瞬間、言葉少なに歩いていたのも、知人に遇うのを恐れていたのだということに気がついた。そこにあったのは、常に美しく見えたいなどという、若い女の人にありがちな平凡な欲望ではなかった。それは、神話的な役割を自ら引き受け、まわりを失望させまいとする責任感とでも呼ぶべきものであった。

今日は○○さんのお嬢さんたちに遇ったよ。家に帰ってそう報告する人たちの得意そうな顔と、それを聞く人たちの羨ましそうな顔が浮かんだ。

昭和四十年代に入ると日本全体が中流化し、ほとんどの人が高校に上がるようになった。中学出だという人たちを周りに見かけなくなったのは、あのような姉妹が消えたのと時を一にしている。あの時代がよりいい時代であったとは思わない。ただあの時代を思い出すと、あの姉妹の寄り添った影が、条件反射のように眼に浮かぶのである。

「エリートサラリーマン」

町が変わってしまうというのはよくある。小さいころ、若いころ知っていた町が面変わりしてしまうのである。久々に訪れれば駅は高架駅となり、家の周辺はミニ開発され、お寺の庭は駐車場と化している。都心ならなおさらである。東京の町はことごとく面変わりしてしまった。

さてそのように面変わりしてしまった東京の町の中で、私にとって、銀座は別である。古さを大切にする人々に支えられてきた町の良さでその変わり方は戦後は比較的緩やかだが、そのような意味で別なのではない。銀座が別なのは、なによりも私の心の中で変わっていった町だからである。

子供のころは何も考えないままに銀座が好きだった。小学生の行動範囲など限られており、生活のおおよそは住んでいた郊外線沿線で済むようになっている。銀座に連れ出してもらえるのはお出かけの日であった。家を出る前から晴れがましい。大きなリボンなどを髪につけ、着る物もいちばんいい物である。当時は西銀座という地下鉄丸ノ内線の駅があり、降りればすぐに宝塚劇場であった。今でも鮮明なのは、帰途の憂鬱である。観たばかりの舞台——その華やかさにまだ頭がぼうっとしているのに、これから侘びしい木造の家に帰る憂鬱である。日常に引き戻される憂鬱である。だがそれは、銀座という町の晴れがましさを浮き彫りにする憂鬱でもあった。当時の子供の私にとって銀座は都会中の都会であった。

ところが、それからしばらくするうちに、銀座は私の心の中でちがうものになっていった。まずは、父の仕事でニューヨークに移住したせいで、銀座が都会中の都会には見えなくなったことがある。ニューヨークの五番街と比べられれば仕方がないであろう。だが銀座を無邪気に好きになれなくなってしまったのには、ほかに理由があった。銀座は「エリートサラリーマン」が遊ぶ町だからであり、「エリートサラリーマン」は、悪い人たちだからである。というより、私がそう思うようになったからである。

あれは一つには時代の影響があった。「エスタブリッシュメント＝権力」という言葉が若者の間で悪者の代名詞となった時代である。そして日本の「エスタブリッシュメント」とはほかならぬ「エリートサラリーマン」であった。しかもその思いに、いつの世にもある、上の世代に対する反発が加わった。「エリートサラリーマン」は、倫理的に正しくないだけでなく、より根源的に、美的に美しくない。彼らの外見も頭の中身も生活習慣も、その在り方すべてが漠とした嫌悪の対象となった。

そもそもあんなふうに髪に櫛目が通っているのが、イヤだ。いかにも仕立てたらしい、身体にぴったりとした背広を着ているのも、洗濯屋から戻り立ての真っ白なワイシャツを着ているのも、イヤだ。夏には縮みのステテコ、冬には駱駝（らくだ）のモモヒキを穿いているであろうのも、イヤだ。盆暮れのやりとり、冠婚葬祭などを当然としているのも、週末にゴルフをしたり、会社の帰りに「ママ」のいるバーで飲んだり、同窓会で「青葉繁れる桜井の」などと唱ったりするのも、イヤだ。大体いつも偉そうにしているのがイヤだ。何から何までイヤだ。

イヤだ、イヤだ、イヤだ。

だが芸術の持つ力は大きい。

小津安二郎の映画のおかげで、そんな「エリートサラリーマン」を好ましく思うようになったのである。

旅芸人、ギャングスター、娼婦、失業者、子供などは映画の中で人気者たりうる。権力からほど遠い人たちだからである。だが「エリートサラリーマン」はどうか。たとえば黒澤明の『悪い奴ほどよく眠る』に出てくる「エリートサラリーマン」たち。彼らはまさに権力を悪用する「悪い奴」であり、映画の中では「エリート」といえばそのような役で出てきて当たり前であった。

ところが小津安二郎は堂々と「エリートサラリーマン」を主人公に据える。戦前の作品からそうだったが、ことに一九六〇年前後に作られた作品では、これでもか、これでもかと「エリートサラリーマン」が出てくる。彼らは英雄でもなければ、いわゆる善人でさえない。まさに「エリートサラリーマン」そのものなのである。もちろん彼らは私が「イヤだ、イヤだ」と思っていた属性をことごとく身につけている。櫛目の通った髪、ぴったりとした背広、真っ白いワイシャツ、それに盆暮れのやりとりや同窓会での高歌放吟等々。もちろん彼らは偉そうでもある。それなのに、である。それなのに小津の映画をくり返し見るうちに、いつのまにか私は彼らがイヤではなくなった。それどころか、まことに恥ずかしくも、その偉そうなところも含めて好ましく思うようになった。小津の成熟した世界観が、「エリートサラリーマン」の在り方に、まさに様式美を見出すのを辞さなかったせいである。

たとえば佐分利信が『彼岸花』で演じる「エリートサラリーマン」。あの一見鈍な顔とたっぷりとした身体とがあいまって、会社にいようと家にいようと、いかにも尊大で太ぶてしいのが良い。娘が勝手に結婚相手を決めたのに怒り、結婚式には出ないと言っていたのが、式の前日礼服用の手袋を買って帰る場面があるが、その思いきり不機嫌な顔と、包みから出てくる手袋の真新しさとの組み合わせがいかにも保守的で、それがまた良い。ああいう男の人になら「女のくせに理屈をこねて」などと言われても首をすくめるぐらいで許せる——と思う。

その佐分利信が演ずる男は丸の内にあるオフィスで働く。そして会社の帰りに銀座に寄って飲み食いするのである。『彼岸花』だけでなく『秋日和』や『秋刀魚の味』でも、主人公の男は丸の内のオフィスで働き、銀座で飲み食いする。彼らが銀座の行きつけの店で飲み食いする場面ほど、人が泰平の世で飲み食いできることの良さ、美しさ、ありがたさをつくづくと感じさせるものはないであろう。

悲しいことに「エリートサラリーマン」と心の中で折り合いがついた今、あのような人種はこの世から消えつつある。若い私の眼には永久不滅に思えた彼らの存在も、すべての文化現象と同様、歴史の中のひとコマでしかなかったのであった。銀座は私をほんの少し謙虚にする。自分の思いこみが変わりうることを思い起こさせてくれる町だからである。

今ごろ、「寅さん」

『男はつらいよ』を今まで観たことがなかった。それを恥ずかしいことだと思う人もいれば、思わぬ人もいるであろう。だが、『男はつらいよ』について、私のようなものが今ごろ書くのは、誰が見ても恥ずかしいことかもしれない。恥と知っての一文である。

人にはもって生まれた性格があるとはいえ、その性格とは、果たして、何を指すのか。たとえば、プルーストの『失われた時を求めて』ではないが「失われたもの」ばかりを求め、慈しむのも、もって生まれた性格と言えるのか。それとも、人は育つ過程でそういう性癖を得て行くのか。

こんなことを考えるのも、父と母は新しいものを好んだのに、姉も私も、新しいものには拒否反応しか示せず、なんだかんだと「失われたもの」ばかりに拘泥するからである。

新しいもの好きという点で、母はことに極端である。

八十半ばになっても、まだ、新しいものへの興味が身体からこんこんと湧き上がるといった感じである。一人ではもう外出もできないので、毎日家で映画を観られるよう、「ぽすれん」というDVDのレンタル・システムを利用しているが、映画のタイトルを選ぶのは私の役割である。どうせ昔の人間だからと無精して旧い映画を適当に選んでおくと、アンタ、ママはあんなんばかりじゃなくて、もっと今の映画が観たいノヨ、と電話してくる。

そういえばつい数年前までは、ロードショーを観に、一人で杖をついてひょこひょこと映画館に足を運んでいた。

姉も私もまったく正反対である。画面がざらざらする旧い映画というだけで、ほとんど何でも許してしまう。二人揃って「今」を呪うこと、どんな老女でもかなわない。

どうして両親とこうもちがうのだろうと考えると、一つに時代のちがいがある。父も母も、新しいことがそのまま倫理的な位相をもちえた時代の落とし子である。それに引き替え、姉も私も、並の大学生が近代批判を展開するような時代の落とし子であった。

だが、両親と私たちのちがいには、時代のちがいでは説明し切れないものがある。遺伝子の悪戯もそこには加わったのかもしれないが、なにしろ姉も私も親の都合で外国で育ってしまったのである。しかも思春期からである。自分自身が思春期にあったころは、思春期を特権化するのはもちろん、「多感な」、「傷つきやすい」などの常套句にも反発を覚えた。だが、人生、歳をとって見えてくることがある。思春期はたしかに存在する。それは、敵対、孤立、同化など、形はどうであれ同世代と否応なしに関わり合い、その感触を通じて、現実へのとっかかりを手に入れる時期にほかならない。

その思春期に、突然、アメリカ人という異星人の中に放りこまれた私たち姉妹は、現実へのとっかかりを手に入れることができないまま、記憶に残った日本に固執して成長することになった。姉は姉で狂い、私も私で狂った。じきに私たちにとっての現実とは、現に生きているアメリカではなく、私たちの心の中で作り上げた日本となっていった。それは記憶に残っている昭和三十年代の日本、異国の孤独の中で読んだ、時代をさらに遡った、旧仮名遣いの日本文学にある日本、折あらば観にいった「オヅ」と「クロサワ」にある日本——黒白の日本映画にある日本である。それが私たちにとっての唯一の現実であり、また、私たちにとっての唯一の日本でもあった。

二十年後日本に帰ってきた時、そこに見いだした「今の日本」は、私にとっての現実とも、私にとっての日本とも別の何かであった。私は「今の日本」を慈しむことができなかった。私はますます死んでしまった日本人しか慈しむことができなくなっていった。『男はつらいよ』を今まで観たことがなかったのには、もちろんあたりまえの理由が一つ別にあった。それは「中産階級的偏見」とでも呼ぶべきものであろう。私が子供のころ、東京の中産階級は洋画しか観なかった。洋画とは美しい西洋人が美しい服を着て美しい町で恋愛する映画である。私の家は中産階級といえるほどのものではなかったが、それでも両親と共に洋画以外の映画を観た記憶はない。しかも「寅さん」はたんに日本映画だというだけではなく、「下町」「庶民」「ほのぼの」といった言葉で語られる映画である。今や「中産階級的偏見」という言葉が意味を失った時代だとはいえ、そこには、日本のイデオロギーが、「とらや」の団子の大きな塊となって詰まっているようで、敬遠せざるをえなかった。

しかし、『男はつらいよ』を今まで観たことがなかった理由はそれだけではない。さらに根底にあるのが、先ほどから言っている、私の狂いである。映画の第一作が封切られたのは今から三十五年以上前、一九六九年のことである。「寅さん」を慈しんできた人にとって、「寅さん」とは懐かしくも古びたものであろう。ところがその同じ「寅さん」が私にとっては新しすぎたのである。私が慈しむことができる日本は、自分が日本を去った瞬間に消え去り、そこから先は、昭和であろうと、平成に入ろうと、私にとっては「今の日本」でしかないものが永遠に続いていただけであった。私は「今の日本」が作った映画には興味を覚えられなかった。興味を覚えるべきだと自分に言い聞かせ、努力して観ようとしたが、そのたびにえもいわれぬ失望を味わい、「今の日本」への疎外感をいよいよ深めていった。「寅さん」も所詮（しょせん）その「今の日本」が作った映画でしかなかったのである。

きっかけは、渥美清の死である。

渥美清が死んで半年ぐらいすると、新潮社の小冊子『波』に、小林信彦が渥美清のポートレート、『おかしな男』を連載し始めた。渥美清が生きているころなど、あの点々のような奥目を見るだけでなんとなく気分が悪かったのが、死が私を寛容にしたのにちがいない。わずかに拒絶反応を起こしながらも、パラパラと頁を繰った。すると必然的に折々拾い読みする。やがて折々拾い読みするうちに、毎月その頁を探して読むようになった。

見事なポートレートであった。

渥美清の狂気がかった芸人としての自信が、時には冷酷な、それでいて公平を欠かない、淡々と距離を置いた文章から立ちのぼってくる。そうか。芸能人ではなく芸人だったのか。そんなあたりまえのことが、まずは衝撃であった。読み進むうちに、渥美清が死んでしまったからこそここまで近しく感じられるのも忘れ、なぜ生きている時に彼を知らなかったのだろうと、恋心さえ抱くようになった。大家に対して失礼だが、山田洋次監督にも初めて興味を覚えるようになった。

だが、私は老女のように頭が固く、しかも用心深い。『おかしな男』の連載が終わってさらに数年たち、渥美清の死者としての濃度がさらに高まるまで、『男はつらいよ』

を観る気がしなかった。初編のビデオを借りたのは、今年の春である。そのときも、これまでの失望を胸の中で思い起こし、「今の日本」で作られた映画からは何の期待もすまいと自分に言い聞かせながら、発泡酒を片手にリモコンのスイッチを押したのである。「桜が咲いております。懐かしい葛飾の桜が今年も咲いております……私、生まれも育ちも葛飾柴又です。帝釈天で産湯をつかい、姓は車、名は寅次郎、人呼んでフーテンの寅と発します。」

例の有名な口上が主題歌へと続く。

私は、驚いた。そして、観終わった時、バタ臭い表現で申し訳ないが、「歓喜」としか言いようもないものが、身体中に溢れた。その「歓喜」は、やがて、テレビの熱に蒸された部屋から溢れ出て、小さなマンションとミニ開発が乱立し、これ以上醜くはなりえない東京の町の中へと嵐のように広がっていった——ような気がした。

『男はつらいよ』自体が「失われたもの」への郷愁に貫かれた映画だというのは承知である。だが、そのようなことは、あのときの「歓喜」とは本質的には関係がない。自分の無知を棚上げした不遜な言い方だが、あれは、「今の日本」にかくもよいものを作ろうとする精神が存在していたのを知った喜びである。監督、松竹の制作チーム、人気女優を含む俳優さんたち——私にとって「今の日本」の人でしかない人たちが、一丸となり、よりよいものをと、憑かれたように動いていた。

私は「寅さん」によって変わったと思う。『男はつらいよ』を続けて観るうちに、「今の日本」と和解しつつある自分を見いだすこととなったのである。人は言うであろう。あれは「今の日本」ではないと。だが昭和三十年代で時が止まってしまった私にとって、あれで充分に「今の日本」なのである。今までの自分の無知と不遜を恥じるよりも、慈しむことができる対象がこの世に増えて行く喜びの方が大きく、最近はそれで幸せである。

それにしても、あの最初のころの渥美清の色っぽさというのは、いったい何なのか。声がいいのは当然として、片肺しかないというのに、肌に脂が乗り、光り輝いている。ことに猪首のあたりが、美しい。脇を向くと、太い首の筋肉が斜めに見え、ぞっとする。

今は二十本目を終えたところである。今ごろ、「寅さん」、だというだけではない。これからもしばらく、「寅さん」——この先、いくらつまらなくなろうと、「寅さん」である。

子供の未来

最近、無残に見えてしまうものがある。

子供たちの未来である。

自分が子供であったころはもちろん、若いころも、子供は好きではなかった。子供を見るまなざしにも、はたから見れば、ずいぶんと冷ややかなものがあったと思う。同い年ぐらいの女の人が華やいだ声をあげ赤ん坊を取り囲むのを見ると、その女の人も不快なら、それを不快に思う自分も不快であった。だが、今はちがう。邪魔されない限り、可愛いと思えるようになった。赤ん坊から思春期ぐらいまで——色気や自意識が春に木の芽が吹くように出てきてしまうまで、みなそれぞれの段階で可愛いと思う。子供がいるとその姿を目で追い、自然に微笑むようになったし、自分でも驚くほど、女らしい、黄色い声をあげたりすることもある。それでいながら、どこかでいよいよ子供を見るまなざしが冷たくなってしまったのである。ことに小学校の低学年ぐらいの子を前にしての話である。

私の住むマンションから駅まで行く途中に小学校がある。午後早くに出かけると低学年生の下校時に遇う。女の子はよく二人づつ並んで歩き、細い首をかしげて小声で何やら熱心に話している。手をつないでいるのもいる。男の子はもっと大人数で、声高で、しかも、歩くというよりも、めまぐるしく左右前後に動きながら移動している。私のお臍（へそ）ぐらいまでの背しかないのに、「おれがよぅ」「おまえがよぅ」と生意気な口をきいている。そんな光景に出会うと、知らず知らずのうちに口元がゆるむ。実際、栄養が行き渡った親から生まれ、兄弟も少なく大事にされて育ったせいであろうか、私の小さいころであったら美男美女のたぐいに入る子ばかりがぞろぞろと歩いている。少子化という日本国家の深刻な問題に思いをめぐらせれば、宝物が目の前をぞろぞろと歩いているような有難ささえある。それでいて、折にふれては、ふいに、寒々しい思いに捉えられるのである。

赤ん坊から幼稚園に上がるぐらいまでは、天から与えられた「あどけなさ」というのが、乳色の靄（もや）のように子供をぼんやりと包み、それが救いとなる。だがやがて、その「あどけなさ」の靄は薄れ、個人というものが形を出してくる。思春期も半ばになれば、それはもう隠しおおせない輪郭をもってごつごつと現れてくる。私には、小学校の低学年の、ちょうどその個人がおそるおそる形を出してくる時期が、一番無残に思えるのである。

私が教育を受けた時代は、子供に未来を見いだすのがあたりまえの時代であった。そして、未来を見いだすというのは、社会のありかたによって、すべての子供をいくらでも伸ばせると考えることでもあった。

谷崎潤一郎に『二人の稚児』という短編がある。二人の稚児、千手丸と瑠璃光丸は小さいころから女人禁制の比叡山で尊い上人の膝下に清らかに育つ。だが、やがて千手丸は女人を知りたい――「内心如夜叉」ではあっても、ふっくらとした乳房をもち、「外面似菩薩」だという、女人を知りたい煩悩に負け、山を抜け出し俗界に下り、瑠璃光丸のみが山に留まり修行を積むことになる。思えば千手丸は「百姓上りの長者の悴」で、瑠璃光丸は「やんごとない殿上人の種」であり、二人は最初から「器量や品格」がちがったのである。上人は瑠璃光丸を誉めて言う。「お前と千手とは幼い時分から機根が違って居た。――さすがに血と云うものは争われない」。

自分自身が子供のころ読んだこの作品がのちのちまで記憶に残ったのは、この部分に反発を感じたからである。「百姓上りの長者の悴」と「やんごとない殿上人の種」という対比は言うまでもない。だが、それ以前に、子供の「器量や品格」が比較され、上下がつけられること自体に、人いに反発を感じた。人に上下はないというのが戦後思想である。大人に上下があるというだけでも正しくないと思っていたところに、子供に上下があり、しかもその上下がそのままその子供の未来を決定してしまうというような考えは、とりわけ正しくない考えだと思った。

それが今では、子供を見たとたんに、まさにその正しくない考えが自分の胸をよぎるのである。もちろん子供を前にして、ああ、子供がいるな、という以上の感慨をもたないこともある。だが時によっては、しげしげとその顔に見入ってしまう。素直さ、明るさ、好奇心などがそこに現れている子はいい。気になるのは、狭量、不満、卑俗——そのような厄介なものが、額から目元にかけて、露骨に現れている子である。ロクなものにはなるまいとの思いがとっさに胸をよぎる。うっかりすると、「ロクなものにはなるまい」と口に出していたりもする。その子が成人したときのみならず、盛りも過ぎ、そろそろ老いにかかるころの様子まで浮かぶ。相変わらず厄介なものを心に貯めこんだまま これから何十年もの歳月を送り、そのとげとげしい輪郭をいよいよ露わにしていく様子が浮かぶ。

何のための人生だろうかと思う。

そのあと、こんなことを考えては、その子にも、その子を育てている親御さんにも申し訳ないと、すぐに反省する。子供をもったことのない人間の僭越を反省する。だが、反省しつつも自分の反応は正しいという思いがどこかに残っているような気がする。自分の反応が正しいかどうか、通りすがりの子ののちの人生など知りようもないのが、せめてもの救いである。

街物語パリ

小母さん

フランスからの手紙であった。

小母さんの字ではない。差出人の名も長女になっている。封を切れば、小母さんの訃報であった。

そのころ私はついに日本に戻っていた。外国がすべて急速に遠のき、自分がアメリカで育ったというのさえ、夢のようであった。小母さんからも細かい字で一通、二通と手紙がくるが、クリスマスに返事を書こうと放っておく。それが、次は年が明けてからにしようということになる。そうこうするうちに受け取った訃報であった。

昔、パリに留学した私は、セーヌ川の西に白い一軒家を構える家にあずけられた。女主人が頼まれて引き受けてくれたのである。彼女が「小母さん」であった。

二十歳の時である。

「ああ、青春は美しい！」

学校へ行く支度をして階段をおりると、小母さんが両手を広げて歌うように言う。私の顔を見ると出てくる、彼女の口癖だった。

最初はお互いに戸惑った。

小母さんの方は、東洋人なのにアメリカ育ちだというので、洋行三昧のタイのお姫様のようなものを想像したらしい。魂消るほどものものしい扱いであった。やがて私の拙いフランス語で色々聞くうちにふつうの家の娘だとわかり、安心したようであった。それでも最後まで少し遠慮が残った。

私は一方では有頂天であった。心楽しませてくれるものが山とある。美しい家。おいしい料理。優しい人々。だが一方では、何かが違うという思いがあった。

何しろ家の中に本というものがなかったのである。着いて案内された客間にない。寝る前に案内された各々の寝室にもない。小父さんの仕事部屋にすらなかった。

本とは無縁の生活であった。

「オー・ラ・ラー！　ミナエがまた読んでる！」

小説を読んでいると、小母さんが感嘆した声をあげた。

本と無縁なだけではない。芝居も観に行かない。家で音楽を聴くということもない。食卓の会話も抽象的なところはない。サルトルもボーヴォワールもない。でも暮らしは豊かであった。

私は貧しさが本に結びつかないことは知っていた。だが、豊かさは自然に本と結びつくと思っていた。無知だったのである。

その無知が、驚き、軽侮の念、失望にどこかでつながった。それで、大切にされ、多くを与えられながら、小母さんのような女の人の親切の、本当の深さを知らずにいた。傲慢な心であった。

夫婦とも海に面したブルターニュ地方の出身である。小母さんはお菓子屋の娘であった。小父さんは貧しかったらしい。婚約時代、小母さんは店を手伝い、小父さんはパリで苦学をした。当時の小母さんの写真を見ると、豊かな黒髪で大輪の花のようである。小柄でがっしりした小父さんは、意志の人であった。週末になると、パリから丸一日かけて自転車で小母さんに会いに通ったという。どんなに心躍る逢瀬だったであろうか。やがて結婚し、勤勉で頭の良い小父さんは学歴は高くなかったが、とんとん拍子に出世した。

私が家族に加わったころは、丁度豊かになった時分である。小母さんは自分の福を分けるのに大忙しであった。田舎に残っている母親や、すでにパリに出てきている係累の面倒を実によく見た。毎日曜日、昼餐(ちゅうさん)に人が集まった。

そして突然登場した私に対しても、小母さんは当然のようにその福を分けてくれたのだった。母親でもないのに、ゆすぎの足らないセーターを干しておけば、知らぬ間に洗い直しておいてくれた。私の家族が来た時も、食事の世話以外に、枕カバー、シーツ、ナプキン――出したり入れたり洗ったりと休む間もなかったのに、いつも、今や肉のついた大柄の身体を揺すって、大声で笑っていた。

そしてそこには、年長者としての寛容もあった。たとえば、一緒に出かける時である。

「ミナエ、あなたのおよろしいときに、いつでもどうぞ」

小母さんが階下から大きな声をあげる。それは、自分は用意ができた、という意味であった。アメリカ人とちがって、フランス人は婉曲なものの言い方をする。小母さんは私に遠慮しているので、なおさらであった。それがわからなかった私は、若い女の愚かさで、服をあれこれと選び、ドライヤーで髪を整え、口紅を塗り直して、私の「およろしいとき」におりてきた。待ちくたびれたはずの小母さんは、それでも気を取り直し、笑顔で迎えてくれた。

「ああ、青春は美しい！」

フランスを発つ日、小母さんは目を赤く泣きはらしていた。その顔を見た時である。私は不意にそれまで小母さんに申し訳ないことをしていたのを悟った。それが小母さんを知る始まりであった。

その小母さんの訃報であった。病死ではない。家の工事中、いつもと別の寝室に寝て、夜中に窓と扉とを取り違えて二階から落ちたのである。フランス窓で、足もとから開いたのが仇となった。首の骨を折って即死だったという。

今から十年以上前のことであった。私の記憶の中で、小母さんの心は深くなる一方である。

広田先生

語学学校に顔を出した最初の日であった。授業が終わると門の外に、日本人だと思える若者が何人もたむろしている。アメリカで育った私は、彼らと知り合いたいので何となく見ている。すると一人が群れを離れて声をかけてきた。

「お昼を一緒にどうですか」

万歳！　と内心思った。

「じゃ、中華はどうかしら」

その風采を見て私なりに遠慮しての提案であった。だが彼の方はのちのちまでその時の驚きを語った。私が何の躊躇もなく承諾したというだけではない。フランスでは「中華」はレストランで食べるものである。彼はふだんは禁欲的で外食をしない。それが大決心をして、カフェでオムレツぐらい奮発しようと声をかけたら、「中華はどう」と来たのであった。

彼の胸中は想像もつかず、私はヴェトナム風の中華料理を食べながら、何やら夢中でしゃべった。

その日から私のパリ留学は日本留学も兼ねたのだった。当時留学生といえばエリートに限られていたアメリカとは違い、パリには、良くいえば夢がある、悪くいえば将来が定まらない——要は、私が親しみをもてる若い日本人が山といたのである。アメリカからドル建てで来た私を、彼らは少し奇異に思ったであろう。でも、私は彼らと日がな日本語で話せるのを、願ってもない幸福とした。

皆、小説家志望であった。あの頃日本の若人の十人中九人は、小説家志望だったのにちがいない。彼らが小説家志望だったというのは、彼らの髪が黒かったというぐらいの意味しかもたなかった。

親しくなった友が三人いた。二人は女である。そのうちの一人は日本に帰ったから桜子、もう一人は最終的にはパリに残ったから、マロニエ——栗の木にちなんで栗子である。残る一人が、オムレツを奮発しようと思った、その彼であった。私たち女三人と異なり、一人、彼の志は高く、かつ大人びていた。文学者になるだけでなく、自分で出版社を作ると言う。

女三人で、ねえ、ペンネームは何にしようなどと言っていると、「お前らなあ、何を下らんこと言っとるんかあ」と叱られた。桜子と栗子は、「ふん」とそっぽを向いて聞き流すが、日本の文学青年に免疫のできていなかった私は、胸をふくらませて感心した。

「私が小説を書いたら、その出版社で出してくれる？」

「あのねえ、オレは厳選して、いいものしか出さんからね」

彼はすまして応えた。

いわゆる左翼である。革命家である。だからそんな言葉は嬉しくないかもしれないが、まさに紳士的に、毎日、私を語学学校からソルボンヌ大学まで送り届けてくれた。リュクサンブール公園を通りぬければ、木の葉が緑から黄色に移るのが美しかった。冬がくると彼はよく喉を痛めた。レインコートしかなかったのである。私はぶ厚いコートにくるまって、こんこんと咳き込む彼に同情した。

私たちは始終言い争った。私の方が年下なだけではなく、比較にならぬほど無知で、その上、ものを深く考えたこともない。だから一方的にやりこめられた。

それでいて、いつも彼の方が正しかったわけではなかった。

たとえば「いいものしか出さんから」と彼が言ったときの、「いいもの」とは何かである。

彼は断言した。

なるべく多くの数の読者の心をうつのが、いい文学である。

私は腹の中では、承服しなかった。文学というのは読者の「量」ではなく、読者の「質」にかかわると思った。だがその時に限ってしつこくは反論しなかった。

ある日次のやりとりがあった。

「えらくなるんなら、学歴なんかなしに、えらくなる方がえらいじゃない」

馬鹿な私のせりふである。

何を考えてそんなことを言ったのだかわからない。自分のことを棚に上げ、恵まれた育ちをさげすむ時代に同調していた。

「お前なあ、そんなこと言うけど、えらくなるっちゅうことの、その意味自体を問うたことがあるんか」

私ははっとした。

彼がどこまで考えてそんなふうに返したのだかわからない。さらにわからないのは、なぜそこまでも、私がはっとしたかである。

その日私は一人でパリの街をぼうっと何時間も歩き回った。

自分は世の価値を疑うことがなかった——頭の中をめぐっていた思いを言葉にすれば、そんな言い古された表現しか見つからない。ただ、今でも思い出すのは、その時の解放感である。私は自分を恥じた。そして、ふわっと、広いところに放たれたのであった。

漱石の『三四郎』に次のような場面がある。熊本から上京する汽車の中で、広田先生が三四郎に言う。「熊本より東京は広い。東京より日本は広い。日本より……」。そして、そこでいったん切って加える。「日本より頭の中の方が広いでしょう」。「この言葉を聞いた時、三四郎は真実に熊本を出た様な心持がした」。

私はあの時、三四郎であった。若い広田先生は日本に帰り、やがて出版社を興した。

赤い布

数年後、再びパリに住んだ。

あの部屋はどれぐらいあったろう。三畳はなかったように思う。薄いベッドと小さい机と小さい洋服ダンス——それだけであった。窓も小さいのが一つ。昼でも陽の光があまりさしこまなかった。

いつも消毒液が匂う建物のあちこちに、紺の制服姿があった。

救世軍が運営する女子寮だったのである。女子寮といっても、木賃宿のようなもので、一人で働く女、そして貧乏な旅行者や学生が利用した。フランスの田舎出身の女の中に、アフリカやアジアからの女の姿が混じっている。年齢制限があり、若い女しかいないのが、どこか救いとなっていた。

着いた日、私は鞄を足下に置いてうすいベッドに坐った。そして消毒液の匂いをあやしみながら、以前ここに入っていた桜子と栗子のことを思った。すでに二十代の半ばになっていた。もう親には頼れず節約を強いられたが、そのためだけにこの寮に入ったのではない。以前ここに入っていた桜子と栗子が、羨ましかったのである。

その自由が羨ましかった。

寮に入れば日常生活の煩わしさから解放され、精神がより自由になる——そんな風に考えていた。もちろん、実際に入ってみれば共同生活は不自由極まりないものであった。食事も入浴も消灯も時間が決まっていた。日常生活の煩わしさから解放されるどころか、それに囚われるだけであった。

それでも消灯時間の後、自分で買った小さなランプを灯し、目の前の壁を見つめていると、精神が宙に羽ばたくような気がする。だがそれは、一人異国にいる淋しさと区別のつかないものだった。

着いて数日目である。例によって小さなランプを灯していると、低い泣き声が聞こえる。うすい壁を隔てて、隣りからである。どこまでも押し殺した声であった。今まで気がつかなかっただけかもしれない、とその時私は思った。

隣りの住人は出入りが少なく、扉の前で二度ほど会っただけで、浅黒い肌と、パリに場違いな、長く編んだ黒髪とが記憶にあった。

次の晩も、次の晩も同じように低い泣き声が聞こえた。

小説みたいだと私は思った。

翌日私は一日中街に出ていた。夕暮れに戻って郵便を調べに行くと、隣りに、長く編んだ黒髪の彼女が立った。私たちの郵便受けは並んでいたのである。不思議な顔立ちの不思議な佇まいの人であった。彼女は空の郵便受けを外の穴から覗きこみ、それでも諦めきれずに鍵であけ、やはり空なのを確かめてから蓋をした。緊張や落胆が手にとるようにわかった。

その日はさらに発見があった。彼女のあとに続いて部屋に戻ったので、一瞬、彼女の部屋をかいま見たのである。燃える陽の色が目に飛びこんできた。赤い手織りの大きな布がベッドにかかっていたのだった。金糸の入った豪華な布であった。魔法の布であった。その一枚の布で、パリの一室が、秘境の神殿に姿を変えていた。

自分の部屋に戻った私は、彼女の日常を思った。この寮の中に友人がいるようには見えない。外にいるようにも見えなかった。

それからは彼女の郵便受けを、一人で勝手に競争して覗くようになった。泣き声は聞こえる晩と聞こえない晩とがある。一週間ほどすると白い封筒が入っていた。

夜、隣りはしんとしていた。

それが翌日は朝から物音がはげしかった。扉を開けると、段ボールの箱を部屋から押し出したところである。あの赤い布が中にしまいこまれているのが直感された。

顔が合えば自然に言葉が出た。

「出てしまわれるんですか」

「ええ」

「お国に戻られるの？」

「ええ、戻ります」

私の質問に劣らず、ぎこちないフランス語であった。それに勇気づけられて私は続けた。

「お国はどこでしょう」

「○×△！？です」

即座に答えが返ってきた。小さい声が誇らしげに響いた。ところが私には、その国の名が聞き取れなかったのである。私がフランス語で知らないというより、無知で知らないのに違いない。くり返し聞くのも気が引けた私は、いかにもなるほどといった風に、

「ああ」と微笑んで、うなずいた。

今度は彼女が尋ねた。

「あなたはどこからですか？」

「日本です」

アメリカに住んでいた私だが、こういう時は混乱を避けるために日本の名を出す。

「ああ」

今度は彼女が、なるほどといった風にうなずく。まさか日本を知らないわけではないだろうと思いつつも、少し不安になった。

彼女も微笑んでいた。

彼女が去った後、カルティエ・ラタンの本屋で大きな世界地図を広げた。アフリカの北部から、アラブ諸国、ヒマラヤ、チベットの周辺をくり返し追って行ったが、耳に残った音に似た文字は見つからない。あたかも地図に存在しない国から来たようであった。そのうちにかすかに耳に残った音も消えてしまった。いつしか彼女は、私の想像の中で、桃源郷から来た女の人となった。

真夜中の訪問者

夜の十二時にベルが鳴った。当時はもう救世軍の寮を出て、一人で安アパートを借りていた。

窓から見下ろすと、街灯に照らされて、歩道に立ったアメリカ人の男が手をふった。その男とどこでどう知り合ったのだろうか。今の私にはもう記憶にない。あの一年、私は二十代半ばの大人の女として、パリに一人暮らしていた。知り合った人の数は自分のことだとは思えないほど多い。そのアメリカ人とも、カフェか何かで知り合ったのかもしれない。

彼はアパートの外の鉄の扉を指さした。電動仕掛けの鍵をブザーで開けてくれということである。もう寝間着にガウンをはおっていた私は、少し考えてからブザーを押し、階段のきしむ音を耳にしながら、急いで服を着替えた。

不審そうな顔をしていたのだと思う。恐怖もそこには出ていたかもしれない。部屋の前に立った彼は静かに口を開いた。

「話したいだけなんだ」

妙な言い訳だと思った。真夜中に私と話したくなるような、親しい関係にはなかった。

「自分のことを話したい」

真面目な顔である。私は彼を自分の部屋の中に招き入れた。

小さな木の椅子が二脚に木のテーブルが一つ。それにベッドがあるだけの部屋である。台所すらない。私はキャンプで使うガスボンベを床におき、お茶を入れるための湯をわかした。彼は小さい椅子に大きな身体を押し込めて、もの珍しそうに部屋を見回していた。湯気のたつマグを両手に、私たちはまずはさしさわりのない話をした。やがて彼は話し出した。

アイオワ州の出身だという。そういえば、どうりで垢ぬけないはずだ、と私は心の中で思った。当時の私から見れば、もう若くない男でもある。

小さいころに親が離婚し、母親のもとで育ったと彼は続けた。アメリカでは、親が離婚したなどというのは、同情にあたいしない。私は、ふん、それで？　といった感じで聞いていた。田舎での単調な毎日が続き、それがいやでいやで、ハイスクールを終えたとたんに家を飛び出し、ニューヨークへやってきたそうである。働きながら絵を学び、挿絵家になろうとした。ポートフォリオを脇に抱えて、仕事を求め歩く日が何年も続いた。そしてついには挿絵家として食べられるようになった。自分にとっては成功であった。だが少しも幸せにならなかった。

なぜ自分は少しも幸せではないのだろう。そう思って悩んだ。こうして生きていることに意味を見いだせなかった。そのうちに死にたいとすら思うようになった。そんな時、ふと、長いあいだ音信不通になっていた母親に会おうと決めたのである。母親に会ったら、何かが解決するかもしれない。

マンハッタンからバスをのりついでアイオワ州まで行き、昔の家を訪ね、人から人へと聞き回るうちに、母親がトレーラー・ハウスに住んでいるのがわかった。

トレーラー・ハウス？　と私は思わず鸚鵡(おうむ)返しに聞いた。アメリカの地方では最下層の人の住まいで、台所、食堂、寝室等のついた大きな車である。それを、共同の「駐車場」に固定して住む。

街のはずれのさびれた空き地にトレーラーがずらっと淋しく並んでいた。一台一台見ていくと、外で洗濯物を干している女がいる。

彼の母親だった。

「母さん」

「まあ」と驚いた顔をすると、すぐに聞いた。

「あんた、何しにきたの」

少しも嬉しそうではなかった、と彼は無表情に言った。

トレーラーの中に招き入れられたが、話ははずまなかった。

「母はその間、針金のハンガーをずっと手にしたままだった」と彼は言った。

「針金のハンガーを？」

私はまた鸚鵡返しに聞いた。

「ああ、針金のハンガーを」

ハンガーをずっと手にしたままだったら、息子にビール一本出さなかったのかもしれない。

じきに母の男が帰ってきた、と彼は続けた。それで自分はそのままそこを引きあげてしまった。トレーラーには自分の泊まる場所などなかったし、そばのモテルに部屋をとる気にもならなかった。そしてその足で再びバスをのりついで、ニューヨークに戻ってしまった。だがその時、もう、今まで悩んでいたことなど、どうでもよくなってしまっていた。そしてしばらくしてパリにやってきた。

彼の話はもっと長かったが、要約すればそれだけであった。

私は何と言ったらよいのかわからなかった。彼もなぐさめの言葉を期待している風もなかった。

夜が白んでくればそろそろ地下鉄が動き始めるころである。何度か入れ直したお茶もすっかりさめてしまっていた。長い沈黙があった。私はじっとしていた。それでは、と言って彼は立ち上がった。それから二度と現れなかった。

真夜中に、突然、こんな風に異邦人が現れ、もう一人の異邦人に自分の人生を語ってすっと消えてゆく。パリはそんな街であった。寒い暗い日が続いたあと突然初夏になり、安アパートを畳む日はじきにきた。

パリに住んだのはそれが最後である。

至福の瞬間(とき)
――ジョン・トラヴォルタ

昔むかしパリに留学していたことがあった。「蛇(じゃ)も二十歳(はたち)」のころである。私をあずかってくれていた家の女主人は四十代の後半。比較的裕福な家庭の主婦であったが、マダム、あるいは奥さんと呼ぶより、「小母(おば)さん」と呼んだ方がぴったりする、少し小太りの、料理と歌の上手な陽気な女の人であった。そしてその小母さんは、自分も若いころは男からちやほやされたであろう女の人のおおらかさで、当時の私の若さに賞賛を惜しむことはなかった。

Ah! la jeunesse est belle!

「ああ、青春は美しい！」

私が大学へ行く準備をして自分の部屋から降りてくると、階段の下で両手を広げて歌うように言う。

Que vous êtes belle aujourd'hui! Ravissante! Eblouissante!

「なんて今日は美しいのでしょう」「うっとりするわ」「まぶしいようだわ」

私はフランス語という言葉のお世辞のよさに感心した。もちろん私は当時も自分の容姿に不満であったが、今思えば、あのころがまだ一番美しかったにはちがいない。そんな時フランスにいたのだから、このお世辞のいいフランス語で恋をすべきであった。それなのに、もともと外国で育った私は日本に思い入れが深く、日本男児が好きであった。「おい、美苗、おまえ吉本隆明ぐらい読まなきゃだめだぞう」そんな言い方をされて、それをまた嬉しそうにうつむいて聞いていたのだから馬鹿なものである。

ところでその小母さんが言ったことでとくに記憶に残っていることがある。

でも、こうしてもう若くなくなって、一つだけほんとうに嬉しいことがある。一人で贅沢なレストランに入ってのんびり食べること、あれは若いうちにはとてもできなかった……。

たしかに若い女だったらなまぐさすぎる。もうその女の隣りに男がいようといまいと周りが気にすることもなくなったころ、一人で洒落こんでレストランに入り、ゆったりと食事をとる。

若くなった女の特権であった。

本からではなく、生身の人間から知恵をさずかるというのはまた格別である。小母さんがそう言った時の、照れたような満足そうな顔の表情は今でもよく覚えている。南向きの、大きい窓から陽の光がふりそそぐ客間で話していた。私はそのときふっと腑に落ちた。ああ、歳をとるというのもなかなかのことなのだと。

あれから長い年月がたった。

つい先日のことである。郵便受けに入っていた原稿依頼に「至福の瞬間」について、とあるのを見たとたん、ああ、これは書こうと思った。夜な夜な「至福の瞬間」をもたらしてくれる、ジョン・トラヴォルタについてである。依頼の手紙には、私と漱石との出会いについてと書いてきているが、漱石なんざァどうでもいい。私はあのジョン・トラヴォルタについて書こう。そして、そう思ったとたんにパリの小母さんの話を思い出したのであった。男の、それも映画スターの魅力について書くのなど、若い女にはなまぐさすぎるし、なによりも馬鹿らしすぎる。これもまさに若くなった女の特権ではないか。

ご存じジョン・トラヴォルタはアメリカの映画スターである。カムバックした今はたくさんのメジャーな映画に出ているが、長年低迷していた俳優である。そもそもは『サタデー・ナイト・フィーバー』でディスコ・ダンスを踊って時代のセックス・シンボルとなった。続いて大ヒットしたミュージカルの『グリース』に主演し、踊り、さらに有名になった。二十年前のことである。

私はふつう映画俳優そのものにはそんなに興味がない。それがもともと歌と踊りが好きなところに、最近ひまができ、そのとき偶然『グリース』を見直したのがきっかけであった。トラヴォルタの踊りの精悍で華があって色っぽいのに、ただただ呆然とした。媚薬でものんだようである。しかし、もっと呆然としたのは、そのあとの彼の変身である。日本で入手できる限りの映画をビデオで借りて見れば、なんと『グリース』のあと、つまらぬ映画に出つづけていたというだけではない。つまらぬ映画に出つづけながら、映画俳優にはあるまじき勢いで、毎年肉をつけ、毎年色気を捨てて行った。ことにカムバック以降は、弛緩しきったみっともない図体を喜々としてさらけ出し、頭の悪い男や凶悪犯やケチなやくざなどを喜々として演じている。昔から美しくはなかったが、今は、醜い。

夜、私は失恋した女のように悲しいため息をついて見終わったビデオを巻き戻す。そして口直しにまた『グリース』をかけるのである。すると「至福の瞬間」が始まる。また媚薬でものんだように、ひたすら楽しくなる。そのあとセブンイレブンにビールを買いに行くのも、人気のない道を小声で歌い、ステップをふんでいる。一晩だけのことではない。二十本くらいある映画を性懲りもなくとっかえひっかえ見ては、また『グリース』に戻るので、ここ数カ月にわたって夜な夜な同じ儀式がくりかえされているのである。

そのうち実に希有な俳優だという結論に達した。

ふつうの俳優なら自分の色気をなるべく表に出そうとするであろう。トラヴォルタは自分の色気を抑圧していった。そこには、気がついたときにはセックス・シンボルとなってしまっていたスターの悲哀もあったであろう。また、嫉妬深い男の批評家たちに、「身体」だけで「頭」のない俳優だとけなされてきた役者の悔しさもあったであろう。だがそれだけではない。トラヴォルタが自分の色気を抑圧していったのは、あのいかにも性格の良さそうな彼にとって、自分の色気というものが、もともと負担でもあったからにちがいない。彼の人間としてのまともすぎるほどまともな神経にとって、彼の踊り手としてのアモラルな色気が負担なのである。あのように踊れるのに、進んで色気を捨てていったのではない。あのように踊れるからこそ、進んで色気を捨てていったのである。

実際、踊るトラヴォルタはトラヴォルタ自身にとっても自分ではない何者かなのである。『グリース』以降の映画でも、踊る場面となると、転瞬のうちに、別人になる。赤ん坊を相手に踊るのでさえも、別人になる。踊らなくとも何かの拍子で、肩の動き、手の動き、足の動き、そして顔の表情が、別人になる。つまらぬ映画をも性懲りもなくりかえし見るのは、そういう場面がもたらす「至福の瞬間」ゆえである。でもそれは、悲しいことに、長くて二分、短ければ五秒ぐらいしか続かない。そしてそのあとは、彼自身まるで夢から覚めたようにまのぬけた表情にもどるのである。

思うにこれはすべて、「色気」というものが究極的には「形」であることにかかわるのではないだろうか。ある人がほんとうに色っぽいかどうかは意味がない。人は「色気」の「形」をきわめることによってしか色っぽくならないからである。だが「色気」が「形」であるということは、それがアモラルなものでしかありえないということでもある。「形」というものの固有の自立性をもって、どの人間を相手にでも同じように出せるからである。要するに、「色気」とは相手を非人格化する冷酷なものなのである。天賦の才があればあるほどなおさらである。あのナイーブな顔をしたトラヴォルタが自分の冷酷さに当惑するのも不思議はないであろう。

私がこんなことを書ける歳になったころ、「青春は美しい！」と言ってくれたあの小母さんはもう亡くなってしまった。

双子の家

三月九日　月曜日。

夕方五時半。散歩から帰ってくる。

空気はさほど暑くないのにカリフォルニアの太陽の光は強く、散歩に出るのは日がかげってからである。食料品の買い出しの必要があるときは大通りの方に出るが、その必要がない時は裏へ回る。今日は裏の方へ回った。

ひと気のない小道である。車の通る道路からわずかに木立で遮断されているだけなのだが、小さな小川に沿ってうねうねと続き、おまけに橋までかかったりしているのがいい。もっとも突き当たりまで行って同じ道をもとに戻るだけで、どこか犬の散歩のようでもある。それでも行きと帰りとでは別の景色が目に入るので、自分では満足している。そうしてさも運動した気になって家に戻ってくるのである。

私の借りている家は愛嬌がある。クリーム色の壁に赤い瓦屋根をのせたところなどは立派な一軒家なのだが、アメリカでは見たことがないほど小さい。小さいのを通り越して、おもちゃのようである。しかもそのおもちゃのような家が二軒、そっくりなのが並んでいるのである。お隣りには、私をここに招いてくれた、ジムという若い日本文学の先生が住んでいる。散歩から帰ってきて、この二軒の家が双子のように並んでいるのを見るたびになんだかおかしくなる。

日常生活は少し原始的である。

家具つきということで借りたのだが、ドイツ人の大家さんが環境保護主義者である上にひどくお金がないので家の中には何もない。去年は不便を承知でのシエナ暮らしだったが、今年はアメリカ、しかもシリコン・ヴァレーに行くのだから、ピピピッと何から何までリモコンで操作できるような家に入れるのを期待していたら、大変な思惑ちがいであった。まずは家中の蠟燭のように暗い電球をふつうの明るさの電球に換えることから始まった。もちろん掃除機も洗濯機もない。一番頭を悩ませたのは絨毯の掃除である。木の床だけなら備えつけのモップと雑巾で間に合うが、客間に薄い灰色地の絨毯がしいてあり、それをどう掃除するかが分からない。

私が考えたのは荷造り用のテープである。あれを十五センチぐらいにちぎり、粘着面を外に向け、ぐるりと包帯のように指に巻いて、絨毯の上をはたはたとはたいてゴミをとるのである。粘着力がなくなるとテープを新しいのに換える。どうせまた汚れるのに馬鹿らしいことをしていると思いながら、しゃがみこんで熱心にやる。「女はどんな時でも見よい方がいいんだ」との露伴の言葉が浮かぶのは、ついこの間ここの学生と一緒に幸田文の『あとみよそわか』を読んだからである。どう見ても「見よくない」な、と自分の姿を思いながら、しゃがんだまま熱心にやり続ける。そして大家さんはどうやって掃除していたのだろうと不思議に思うのである。

六時少し前にお隣りのジムが大学から歩いて帰ってきた。玄関の扉の音がするので分かる。しばらくして車をふかす音がするのは、日本の主婦のように毎日夕食のお買物に出るからである。暇人の私はお隣りの物音にいつのまにか耳を立てている。カーテンをあけてそっとのぞくこともある。

三月十日　火曜日。

夜、星は東京よりよほど近い。

夕食のあと懐中電灯を使って裏庭のコンポストに生ゴミを捨てに行った。ゴミの分け方は東京でもまめな方だと思うが、ここでは環境派の大家さんに気を遣い、さらに細かく分けて出している。わけの分からないのは新聞紙以外の紙の始末である。東京から着いたその場で一気に大家さんから、ゴミの分け方、ゴミの大きさ、ゴミを出せる曜日などにかんして複雑な説明を受け、紙の分類まではちゃんと頭に入らなかったのである。仕方がないので、段ボール、ちらし、雑誌、書き損じの紙など、このせまい家に別々にとってある。

生ゴミを出しながらお隣りにちらりと目をやると、食堂の窓に黄色い灯りがついている。ジムは一人で暮らしながら僧院に暮らすお坊さんのようにまことに規則正しい清らかな生活を送っている。朝から大学に行き、日中は図書館で勉強している。寝るのも早く、もちろん起きるのも早い。

いつかあんな風に暮らせたらというのが私の夢である。

私たちは二人とも朝刊をとっている。最初、配達のしかたが日によってまちまちなのが不思議であった。ドライヴウェイに乱暴に投げられているだけのこともあれば、玄関の扉の前に丁寧に置かれていることもある。どうしてこんなに日によってまちまちなのだろうと思っていたら、ある日謎が解けた。ジムが先に起きた時は私の分も拾って玄関に置いておいてくれたのである。それなのに私は自分が先に起きても自分の分だけ拾って平気な顔をしていたのである。

三月十一日　水曜日。

珍しく社会生活に富んだ一日を送った。昼食を大学院生の一人と共にし、夜はお隣りのジムと「デート」をした。二人で映画を観に行ったのである。暗い映画館の中で、大きなシートにうまり、ジムと仲よく並んでポップコーンを食べながら画面を観るうちに、私は、いわゆるティーネージャーだったころを思い出した。中学生でアメリカにきた私にとって、日本語の世界に生きている時のみがほんとうに生きている時であった。それでもごくたまに、アメリカ人の男の子に誘われてデートというものをしたことがある。じきにベトナムに行ってしまった男の子もいた。情けないことに楽しかった記憶はない。なぜ自分がこんなところでこんなことをしているのだろうと、果ては相手を恨むような心情になった記憶ばかりである。

それが今夜などはひどく楽しい。夕食の時はお酒が入ってなおさらである。うきうき、という表現がふさわしい楽しさである。日本に帰り、アメリカに同化しなくてはならないという圧力から今や解放されたせいだろうか。いずれにせよ、あのころこんなことをこんな風に楽しめたらまったく別の人生を歩んでいたにちがいないとつらつらと思った。

ジムは若く見られるのを厭って、少しあごひげをのばしている。

三月十二日　木曜日。

夕方散歩の代わりに大学のオフィスに行った。キャンパスの中心のクワッドと呼ばれているところにあり、私の足だと二十五分くらいかかる。家を出て角を二つほど曲がり、あとは一本道をひたすら行くうちに学生の姿が増えてくる。

私の育ったアメリカというのは東海岸である。それも一昔前の東海岸である。東洋人は少なく、彼らのほとんどは異国人であった。こういうのを隔世の感というのだろうか。今、ここスタンフォードのキャンパスを歩くと、あまりにちがうアメリカに出会うのに目をみはる。なにしろどこを向いても東洋人だらけなのである。ふと気がつくと、見渡すかぎりが東洋人だということすらよくある。しかも彼らはアメリカ人なのである。英語が母国語の人たちなのである。

私の教えている日本文学のセミナーにもそういう学生たちがいる。外から見れば日本人だが、母国語がどちらかと言えば英語だという人たちである。みんな女である。このキャンパスの中で、彼女たちは、日本語が読めるということにおいて特殊なのであって、英語が母国語だということにおいて特殊なのではない。彼女たちを見ていると、もう日本には舞い戻ってはくれないだろうという気がする。彼女たちは日本で見る英語の達者な女の子たちとは何かが決定的にちがう。日本というものの牽引力がすでに働かないところで生きているのである。悲しくもあれば言祝ぎたくもある。

帰りに図書館に立ち寄った。ひんやりとした廊下に靴音を響かせながら日本語の本の表紙を見ながら歩くと、昔、日本文学が素直に好きだったころの感覚がよみがえってくる。すでに日本では味わえなくなってしまった感覚である。ここで読む日本文学は日本で読む日本文学と同じではない。

日本語を読めてよかったわね——私は学生たちにしつこく繰り返す。優しくうなずく彼らがほんとうにそう思ってくれているかどうかは分からない。頭脳明晰で博識で勤勉な学生たちで、私には教えることなどないから同じことを繰り返すほかないのである。

明日は「最後の授業」である。

翻訳物読まぬ米国人
——NYの国際文学祭に招かれたけど……

アメリカ人は他国の文学を読まない。

今、アメリカで出版されている文芸作品のうち、翻訳物は三パーセントに満たない。これはアメリカといえども、近年の歴史の中で、異様な状況である。しかも、世界のほかの国はアメリカの翻訳物をいよいよ数多く出版しつつあるのだから、その対照は凄まじい。

匿名の篤志家から寄付を受けたというPEN・アメリカン・センターが、そのようなアメリカの「文化的孤立」を危惧し、「国際文化交流」と「文学の翻訳」とを掲げて動き出した。

その動きの一つが、四月十六日からおよそ一週間、世界の作家をニューヨークに集めて開かれた、ＰＥＮ・ワールド・ヴォイスズ（ＰＥＮ・世界の声）という大会である。

アメリカ人がホスト役を務め、英語で行われた大会である。結局は英語圏の作家が中心となった印象はあったが、それでも一応は主旨の通り、外国語で書く作家が全体の約半数、五十人ほど集まった。そして朝から晩まで、数人づつ壇上に並び、一般聴衆を前に、話をしたり、討論したり、質問に答えたりした。これが初回で、今後数年にわたって似たような大会を開催する予定だそうである。

日本語の作家は、日本から桐野夏生氏と私、ドイツから多和田葉子氏が出席した。女の作家が三人となったのは、偶然である。

飛行機はエコノミークラスだが、ほかは贅沢な招待であった。常に送迎車がつき、指定された宿も、Ｗホテルという、デザイナーズ・ホテルとして知られた瀟洒(しょうしゃ)なホテルである。ベッドを覆う白い木綿のシーツからしていかにも上等そうな光を放っていた。そして閉会前夜に開かれたパーティ。ふつうなら足を踏み入れることもかなわない、著名なファッション・デザイナーのスタジオが会場で、天井の高い空間に、床に置かれたアフリカの太鼓が「ボレロ」のビートを刻むなか、ワイングラスを片手にニューヨーク出版界の時の人たちが談笑していた（らしい）。

外へ出れば黒塗りの長いリムジンが待っており、私一人を乗せてホテルまで送り届けてくれる。窓の外にはマンハッタンの夜景がある。窓の中には、声も届かないほど前方に運転手の首があった。あたかもかぼちゃの馬車に乗ったシンデレラのような気がした。問題は、これがほんとうに「大会」であったか、たんなる「お祭り騒ぎ」でしかなかったか、判断しがたいところにある。

大会の主旨は非の打ちどころがないものである。そして、その非の打ちどころがない主旨のもとに、多くのお金が注ぎこまれただけでなく、多くの大学教授や学生たちがボランティアとして担ぎだされた。彼らの善意を前につくづく思ったのは、世界から作家を集めて意味ある大会を開くことの困難である。

たとえば、これが文学ではなく映画であった場合と比べてみる。すると、国際文学祭を開く困難がよく見えてくる。国際映画祭を開くとすれば、世界から監督を集め、一本づつ彼らの作品を上映する。そうすれば監督は、少なくとも自分の作品を一つは知った聴衆を相手に話せる。聴衆もその作品を一つは知った監督の話を聞くことができる。これで一応「国際文化交流」は成り立つであろう。

すべての芸術において、重要なのは、作品であって、作者ではない。もし作家が話すことに何か意味があるとすれば、それは作品を知った人を前に話すときにしかない。だが、映画とちがい、文学を読むというのは、大会の最中に大勢でできるような行為ではない。

「読者」とは、会場で二時間のあいだに生まれるような存在ではないのである。

しかも、そもそも外国語の文学が翻訳されないアメリカ、そして翻訳されても読まれないアメリカである。

たとえノーベル賞級の作家であったとしても、目の前にずらりと並ぶ聴衆の大多数が、自分の読者であることは期待できない。並の作家においてはなおさらである。ということは、外国語の作家として話すのは、自分がいったいどういう作品を書いているかを知らない聴衆を前に話すことにほかならない。

作品を離れた作家の言葉は空疎である。

私は空疎な言葉を空疎な思いで発しながら、これから数日後、アメリカの地を離れれば、太平洋のはるか遠く、自分の作品をそのまま日本語で読んでくれる読者がいること——そのありがたさをつくづくと思った。

日本の「発見」

「法隆寺も平等院も焼けてしまって一向に困らぬ。必要ならば、法隆寺をとり壊して停車場をつくるがいい。我が民族の光輝ある文化や伝統は、そのことによって決して亡びはしないのである。」

第二次世界大戦中、坂口安吾は『日本文化私観』というエッセーでこう書いた。あれから半世紀たつ。異国で少女時代と青春時代を送り、大人となってあこがれの母国に帰ってきた私を待っていたものは、まさに停車場だらけ――いや、駐車場だらけの日本であった。法隆寺は残っていたが、多くの懐かしい〈形〉が消えていた。〈形〉のあるものが滅び、なおかつ日本の「文化や伝統」が「決して亡びはしない」ということなど、はたしてありうるのだろうか。

安吾の文章は国家主義の当時、時代への高らかな挑戦であった。だが今それは、黒船以来の日本のあり方を無批判に肯定するものにしかきこえない。「伝統の美」など消えても「生活の便利」な方がいいという安吾の主張は、今や日本の現実そのものである。

しかも日本はたんに近代化したのではなく西洋化したのである。タクシーが駕籠にとってかわるのは近代化だが、洋服が着物にとってかわるのが近代化かどうかは疑わしい。ましてピアノが邦楽にとってかわるのを近代化と呼ぶことはできない。タクシーを選ばざるをえなかった日本は、迷わずピアノを選んだ。日本はたんに近代化したよりもいさぎよく日本的なものを捨てていったのである。その過程に拍車をかけたのが、「我々が日本の伝統を見失」っても「日本を見失うはずはない」という、ひどく楽天的な民族主義である。そしてそれは、文化とはひとつのかけがえのない〈形〉である、という認識の欠落とつながっている。しかし〈形〉なくして日本の「民族の栄輝ある文化や伝統」などあるはずもないのである。

たとえば安吾は桂離宮を「発見」したブルーノ・タウトにかんして言う。「タウトは日本を発見しなければならなかったが、我々は日本を発見するまでもなく、現に日本人なのだ」と。

だが日本人は日本を「発見」せずにすまされるのだろうか。ヨーロッパ人自身、近代との葛藤の中に自分の伝統文化を「発見」したのである。「発見」というのは、今、ここにかけがえのない〈形〉があるのを認識することにほかならない。その認識がなければヴェニスのサン・マルコ広場だって駐車場になっているであろう。

旧(ふる)いものが消え、新しいものが生まれ、時のながれに文化が変容していくのはあたりまえである。だがあまりに多くのかけがえのない〈形〉を、ここまで平気で壊してきた日本が私にはひたすら悲しい。ただその日本にも、日本を「発見」し、日本の〈形〉をひきつぐことにお金にもならないのに一生をかけている人たちがいる。日本に永住の地を求めてもどってきたこの私を慰めてくれるのは、ほかならぬ、そのような人たちの存在である。

だから私は国立劇場に足を運ぶのである。

人間の規範

プルーストの『失われた時を求めて』の中のことである。ある時を境に、同性愛者という予想外の存在が、突然、何かが狂ったように小説にあふれ出す。異性愛者だと想定していた登場人物が実は同性愛者であることが次々と判明してゆくのである。人は基本的には同性愛者かもしれない。そんな風に思えるほど、同性愛という愛の形があたりまえのものに見えてくる。その時、異性愛を規範としていた過去の認識がいかに不自由なものであったかがわかる。

長い間私は哀れにも不自由な認識の中に生きてきた。アメリカに育ちながら、「純粋の日本人」となることにひたすら情熱を傾けてきたからである。先祖代々の血と地と言葉を受けつぐこと——疑いもなくどこかの国の人間であること、それが、当時の私にとっての人間の規範であった。認識が変わったのはいったいいつごろだろうか。その時、日本人の血を受けつぎながら、日本とも日本語とも切れてしまった人たちの存在が突然あたりまえのものに見えてきた。ふと気がつけば、アメリカという国にはどこの国の人だか名状しがたい人間があふれていた。今、世界中でそのような人たちが揃ってかれらの物語を書きはじめている。日本に戻り、日本語でものを書くようになった私だが、そんなかれらに想いを重ねずにはいられない。先祖代々の血とも地とも言葉とも切れてしまった人間の物語こそ、今や、物語の規範のように思えるからである。

あこがれを知る人

「ただあこがれを知る人のみぞ、我が悩みをわかる」

若き日の森鷗外の、異国での恋を描いた本の中で、出会った言葉である。本の名も作家の名も忘れ、この一節だけが記憶に残った。のちにゲーテの詩だと知った。出会ったのは高校生のころであろうか。恋愛の影がちらほらし始める、そんな年ごろであった。何か、はっとした。

恋愛相手には自分の悩みをわかってほしいものである。学校での孤独、家族との葛藤、将来への不安、その他もろもろの悩みをわかってほしい。だがそのような悩みをわかってもらって、どれほどのものか。

思えば、自分のほんとうの悩みは、そんなところにはなかった。自分をもっとも深いところで形づくる悩みは、自分の現実から来る悩みではなく、このような言葉に出会って、どうしようもなくあこがれ立つ心そのものにあった。「あこがれ」を知ることこそが、真の「我が悩み」であった。

そんな思いが胸を満たしたのである。

人は人に理解してもらうのに、自分そのものを理解してもらおうとする必要はない——その真実を知る第一歩であった。

「あこがれ」は元は「あくがれ」、古語辞典によれば、「心身が何かにひかれて、もともと居るべき所を離れてさまよう意」とある。つまりそれは何かにひかれて、自分が自分の現実を離れることである。ということは、「あこがれ」を知ることは、自分そのものがどうでもよくなる、大いなる精神の運動を知ることにほかならない。

「あこがれを知る人」は自分そのものを理解してほしいとは思わないであろう。もろもろの自分の悩みをわかってほしいとは思わないであろう。ただ、「あこがれを知る人」を瞬時に知り、また、その人に知られたことをも、瞬時に知るのである。

いうまでもなく、「あこがれ」はすべての芸術の根源にある。音や形や言葉にひかれて人が自分の現実を離れることがなければ、芸術は可能ではないからである。

第十一夜

こんな夢を見た。

自分は永い眠りについてゐた。

何時眼が覚めるともしれない、永い永い眠りであつた。日は昇り、沈み、数へ切れぬほどの季節がめぐつた。数へ切れぬほどの季節がめぐるうち、ひよつとして、これが死といふものかもしれないと、如何に迂闊(うくわつ)な自分も漸(やうや)く思ひ至るやうになつた。さう云へば、寐てゐるのも暖かい蒲団の上ではなく、冷たい地の中のやうな気がする。それでゐて気持は穏やかである。もうこのまま眼が覚めなくともいつかうに構はないといふ気がする。ところがある日、誰かが遠くで自分を呼んでゐるやうな感覚があつた。細く低い淋しい声であつた。寐かしておいて呉れと云つても声は執拗にやまない。其の時自分は夢の中でもう一つ夢を見た。

十二月の十三日の夜である。

雪がしんしんと降つてゐた。前にはなだらかな日本の山が連なつてゐる。脊後(うしろ)にもなだらかな日本の山が連なつてゐる。見たこともない光景であつた。どうしてこんな所に呼ばれたものか見当が附かなかつた。——と、山の奥から女たちが躍り出た。蓬髪をたなびかせ、吹雪をけちらし尾根を渡り谷間に降りる。墓から甦り闇夜を駆けめぐる山姥たちであつた。山姥たちは息もつかぬ速さで自分の眼の前を通り過ぎると、先の頂きをめがけてまた一気に駆け上がつて行つた。一瞬のことであつた。幾百幾千幾万の死者の霊の音のない足音が山々に轟いた。同時に風がごうと鳴つた。そして四隣(あたり)は急に静かになつた。

気がつけば雪がやんでゐた。

山姥たちのやつて来た山は左手に聳(そび)え、消えて行つた山は右手に聳えてゐた。自分は山姥たちのしばらくの幻影(まぼろし)を冥漠(めいばく)の裏(うち)に収めたまま、ぼんやりと其処にたたずんでゐた。すると、どこから現れたのか、女が独り、山姥たちを追つて闇に吸ひ込まれるやうに山を登つて行く後姿があつた。右手に提灯を提(さ)げてゐる。顔は解らない。女の孤独な脊中を見るうちに、眠りの中の自分を呼んでゐたのは、此の女に違ひないといふ気がして来た。山が闇の影を高い空から頭の上へ抛(な)げかけてゐる中を、女は憑かれたやうに登る。登るにつれて愈(いよいよ)闇に吸ひ込まれて行く。自分は狼狽(あわて)て女のあとを追ひ、追ひついたところで、声をかけた。

女は振り向いた。どこかで見たことのある顔であつた。だがどこで見たのかが判然(はっきり)しなかつた。二人はすれすれに向き合つた。女は自分を見据ゑたまま、何故か、不意に提灯を持つ手を左に取り替へた。

自分はその動作に促されたやうに口を開いた。

「どうして呼ぶんだね——もう死んでゐるといふのに」

さう云つてしまつてから、さうか、やはり自分は死んでゐたのかと驚いた。同時に、あれが死だつたのか、といふ不思議な思ひが胸に湧いた。女の方は少しも驚いた風を見せず、豊かな束髪の下に、広い額と臆するところのない眼を見せてゐる丈(だけ)であつた。どこかで見たことのある顔だと、また思つた。

やがて女が黒い眉を動かすと云つた。

「でも、わたくしはかうして生きてゐます」

其の途端である。記憶が甦つた。

昔、自分は小説といふものを書き、それを生業にしてゐたのであつた。眼の前の若い女は、死ぬ前に書いてゐた長い小説に出て来た女に違ひなかつた。自分は女の行く末をどうした物だらうと思案しながら、不意に襲つて来た重たい力にあらがへず、深い眠りにおちいつてしまつたのであつた。

「どうして僕を呼んだんだね」

「あなたを呼んだのは私ぢやあありません」

女は自分の眼を凝つと見詰めると続けた。

「そもそも私も呼ばれたんですもの」

女は口を一度つぐんだ。さうして突然、聴き取れぬ程の微かな声で云つた。

「ああ、淋しい。あなたも淋しいでせう」

さう云ふと、何かに耐へるやうに緩くりと眼を閉ぢた。閉ぢた瞼が微かに揺へるのが見えた。何とも云へない寒い空気が女と自分を取り巻くのを感じた。再び眼を明けた女の双の眸はもう自分を見てゐなかつた。

「あなたを呼ぶものは、あなたのものであり、あなたのものでないもの、あなたの内にあり、あなたの外にしかないもの、人のものでもありつつ、人のものにあらざる、生の世界にありつつ、生の世界にあらざるもの——それは言霊なり。墓から甦り、時を揺るがし、知られぬ未来に響き渡らん言霊なり」

つややかな声はしはがれ、豊かな束髪は白茶けた蓬髪と変化した。

「君こそ知らね、死者の言葉にあくがるる魂の孤独を」

女がさう云ひ終はると、忽ち地の底からうなるやうな声が四方の山々から耳朶に響いて来た。幾百幾千幾万の日本語の言霊が墓から甦り四隣の空気を震はせ、千里の山を駆けめぐり谷間に降りるのが聴える。言霊は闇夜に時を離れ、空に羽撃き、白く砕ける浪を超え海を渡つて見知らぬ国に向つた。やんでゐた雪が突然激敷く降り始め、風に大きく舞つて視界を遮つた。

同じ十二月十三日の夜である。

雪がしんしんと降つてゐた。異国の町であつた。石を畳み上げた厚い壁に蔦をからませ、教会とも僧院とも附かぬ建物が並んでゐる。雪と夜とに閉ざされて、町中が寝入つてゐた。鐘塔の櫓の上の鐘も既に幾世紀の響きを収めてでもゐるかのやうに寂然としてゐる。犬の姿も見えない。若い頃しばらく住んだ西洋の町とどこか似てはゐるが、どう考へてみても見たこともない町であつた。古いたたずまひの町なのに、なぜか遠い未来の世を眼前に引きだした町のやうに見える。

赤い煉瓦造りの四階建ての建物の前に出た。道から見上げると三階に一つ丈灯の点いた窓のあるのが眸を打つた。寒い人影がぼんやりと外を眺めてゐる。異国なのに、日本の女であつた。

此の女が自分を呼んだのに違ひなかつた。此の女があの提灯を提げた女も呼んだのに違ひなかつた。だが此の女も、墓から甦り闇夜に時空を超えた言霊に呼ばれ、かうして独りで窓辺に立つてゐるのに違ひなかつた。

不意に、ものを書いて来たことの罪の意識が自分を襲つた。言葉は死者の眠りを妨げ生者の世界に連れ戻す。生者のこの世とのつながりを奪ひ、死者の世界へと連れ去る。淋しい魂はいづれの世界にも入れずに漂ふのであつた。

すると其の女が口を開いたやうに思へた。

「悲しまないで下さい。あなたの罪は私の救ひでした」

女は嘆息しただけなのかも知れない。だが自分は慥(たし)かに聴いたやうに思つた。さうして、其の言葉を救ひに、再び深い眠りにおちいつた。

漱石の脳

最近の脳科学の進歩には目をみはるものがある。

私が最初に書いた小説は『續明暗』といって、漱石絶筆の『明暗』を完結させたものであった。一九九〇年のことで、この体力も今よりはあり、講演を引き受けたりした。漱石の脳は東京大学医学部にアルコール漬けになっている。だが、そんな妙なものをいくら調べても『明暗』の続きはわからない——と話し始めるのが常であった。灰色がかった物体が死臭を内に秘めて液体に浮かぶグロテスクな図が目に浮かび、文学者の脳なんぞを物象化して保存しようとした科学者たちが、愚者の集団のように思えた。

なんと急速に科学は進歩するものか。今や、漱石の脳のほんの一片から、漱石の遺伝子情報が全部わかる。漱石の遺伝子、そして、脳が、果たして常人のとちがうのか、ちがうとすれば、どのようにちがうのかがわかる。あのときあんなに偉そうな口をきかなければよかったと、へりくだって思う今日このごろである。

しかも、へりくだりついでに、脳科学にさらに期待している。

人類はあるときから文字を書くようになった。私は、その「書く」という行為が、「話す」という行為と密接につながっているとは思わない。「書く」という行為は、「読む」という行為と、はるかに密接につながっていると思っている。漱石は「読む」ことによって漱石になったと思っている。当然、文学とは、自己表現ではなく、「読む」ことから生まれると思っている。そして、まさに漱石の脳が、いつかそれを証明する日がくるのではないかと、今や、科学者たちに過度の期待をするまでに至っているのである。

使える漢字

ワープロという文明の利器ができ、今の人は漢字を書けなくなったという声をよく聞く。だが私は、日本語で書く小説家として、ワープロの登場はたいへん幸運なことであったと思う。文部省の役人の誤った認識のせいで、今やすっかり貧しくなってしまった日本語を、まだ救えるかもしれないとさえ思うのである。ただそのためには、「使える漢字」がどういうものであるべきかを、新しく考え直す必要がある。

私は約十年前に『續明暗』という小説を書いた。漱石の絶筆の『明暗』の続編である。漱石の文体を真似たものであるから、今の人が使わないような漢字を、当て字も含めてたくさん使っている。それを見て読者の中には私が漢字をよく知っているとお思いになる方がいるようである。そのような方が、私の本棚に『中学生の基本漢字練習』などという漢字の練習帳が何冊も並んでいるのを知ったら、さぞや驚かれるのではないだろうか。

小学校教育しか日本で受けなかった私はいまだに漢字をよく書けない。外国でルビのついた古い文学全集を読んで育ったおかげで、漱石が使うような漢字は大体は読めるようになったというだけなのである。だが読めるということは、字を識別できるということである。ワープロさえあれば、ポンとキイを押して適切な漢字を選べるということである。碩学（せきがく）漱石と私との間の越えがたい距離が大いに縮まったのは、ワープロのおかげであった。

そもそも誰にとっても「書ける漢字」と「読める漢字」というものは、数が何倍もちがってあたりまえなのである。ワープロが革命的なのは、「使える漢字」というものを、「書ける漢字」から「読める漢字」に変えたことにある。ここで重要なのは、その革命的な変化を積極的に評価することである。そこに表意文字の本質を見ることである。そして日本全体で「使える漢字」をもっと豊かに増やし、ルビをも厭（いと）わないことである。新聞などが常用漢字に固執するのは、数千年の人類の叡知を無にして、出来の悪い中学生の頭に合わせて日本語を使うのと同じことでしかない——と、そこまで考えることなのである。

中国から来たもの

「日本のもので、どこから来たのか分からないものはね、中国から来た、と答えれば大概当たるんです」。作家訪中団団長、加藤周一氏の言葉である。中国作家協会主催の歓迎宴会でのことで、中国の作家方は鷹揚に笑い、また乾杯があった。

実際にこれも中国から来たのかと感じ入ることばかりの今回の中国訪問であった。たとえば「見送り」である。作家の王蒙さんのお宅でおもてなしを受けた私たちは、お礼をのべ、別れの挨拶を幾度も交わしたあと門を出て車に乗りこんだ。すると王蒙さんと崔瑞芳夫人も門を出ていらっしゃる。車の姿が消えるまで丁重にお見送り下さったのである。

アメリカでは去る人を丁重に見送る習慣はない。別れの挨拶が終われば、送る方もさっと身を翻して後姿を見せる。途中からアメリカで育った私は、そのアメリカ式の別れ方に慣れなかった。ちゃんと見送りたい身体を無理に、回れ右、と翻すのである。人を見送るというのは、礼儀である以前に、身体的な感覚であった。そして私はその自分の感覚を日本的なものだと信じていたのである。それすら中国から来たというのは新しい発見であった。

ところで、「日本の大概のものが中国から来た」というその根底に、漢字の渡来があるのはいうまでもない。醤油が中国から来たのを知らない人でも、漢字が中国から来たのは知っているだろう。しかも漢字が渡来したというその歴史的な事実――それは両国語の中での漢字の機能のしかたの差に刻印されているのである。そのことに得心が行ったのも、今回の訪中のおかげである。

「漱石の漢詩は中国の方が読んでも優れたものなのでしょうか」。これは日本の作家の誰もが知りたいことである。北京大学の日本文化研究所でこの質問が出た時、潘金生教授は丸いお人柄のお顔でにこにこ答えられた。「はい、中国人が読んでも大変優れた漢詩です」。私たちはみなほっとした。と、団員の一人が重ねてたずねた。「耳で聞いてもですか?」。潘金生教授は少し首をかしげて、遠慮した風におっしゃった。「いいえ、耳で聞いただけでは……。でも目で読むととてもいい。そこが中国の詩人とのちがいです」。

この一言で、漢字が初めて、私にとってほんとうに音をもったのである。漢字は世界に名だたる表意文字である。だが、思えば当然のことなのだが、本家の中国語の中ではそれはたんなる表意文字ではありえない。ひとつの文字はひとつの音と共に意味を生み出すのである。逆説的ではあるが、漢字というものは、はるばるその漢字を借りて来て、ひらがなという表音文字をさらに作った日本語の中でのみ、純粋にその「表意性」を発揮しているのであった。

あの漢詩というものを耳で聞き、その音に陶然としながら、山や河を現前に浮かべるというのは、どのような文学体験なのだろうか。

問いがさらに問いを呼ぶ、勿体ないほど実りの多い訪中であった。勿体ないほどの通訳の方々にめぐり逢えた幸運もそこにはあった。

私が知っている漢詩

下戸に向かって、好きな日本酒の銘柄をぜひ挙げよと言ったらどうするか。「菊正宗」「月桂冠」といった、挙げるまでもない万人の知る名前がおそるおそる出てくるだけであろう。依頼された原稿の題は「私の好きな漢詩」だが、戦後教育を受けた私のような者に、「私の好きな漢詩」などない。「私が知っている漢詩」があるだけである。

たとえば、日本人誰もが知る李白の『静夜思』である。

牀前に月光を看る
疑うらくは是れ地上の霜かと
頭を挙げて山月を望み
頭を低れて故郷を思う

英語をよく読んだ父だが、戦前の教育を受けたので、漢詩の本が僅かに家にあった。好きな詩には鉛筆でチェックがついている。父がどんな詩にチェックをつけたかこっそり見ていくと、この李白の五言絶句の詩に行き当たった。誰もが知るだけのことはあって、私もわけがわからぬ感銘を受けた。漢字という表意文字に残る象形性のせいか、苦しいほど情景が胸せまる。「月光」「山月」と「月」がくり返され、夜の静寂に月が照り渡るのが目に映る。時間の芸術だとされる文学が、ここでは空間の芸術であった。そして、最後の二行。挙頭望山月、低頭思故郷。私は父の仕事で十二歳でアメリカに渡り、そのころまさに毎日故郷を思いながら暮らしていたのである。

小学生の国語の教科書は愚民教育の教材のようであった。もちろん漢詩もまだない。おもしろい言葉に飢えていた私は、アメリカに発つ前の半年、キリスト教の中学校で、聖書という、おもしろい言葉が詰まった本を与えられた。そして、いつのまにかたくさんの言葉を暗記した。小さいころに漢詩を与えられていたらと、今、小説家として、戦後の日本を哀しく思わずにはいられない。

ヨーガン・レール氏の洋服

昔、村上信彦の『服装の歴史』を読み衝撃を受けた。女がズボンをはくのになぜ抵抗があるのか。この疑問は現実が解消しつつあるが、もう一つの疑問が残る。日本人はなぜ着物を捨てたのか。ここで着物というのは、着物の形ではなく、布への芸術的こだわりである。日本で仕事をするヨーガン・レール氏の洋服に出会ったとき、同じ疑問をもつ人間に出会った気がした。洋服が布による人体の祝祭だとしたら、着物は人体による布の祝祭である。

ラクソ・ランプ

小学校のころは蛍光灯で照らされた居間で小説を読んでいた。宙に垂れた紐を引っ張ると低い微かな音がし始め、やがて部屋全体が明るくなる。天井の中央を占める蛍光灯は眩しく剝き出しだったように思う。振り返ればひどく侘びしい光景であったが、当時は何も思わなかった。日本では蛍光灯は文明的なものだという考えがまだ一般的であった。

小学校を卒業したところで父親の仕事で家族ごとアメリカに移った。西洋の居間や寝室の天井にはよく照明がない。絹の笠を載せたランプなどを要所要所に置く方が好まれる。ましてや、蛍光灯という無粋なものはオフィスや工場やスーパーマーケットでしか使われていなかった。学校から帰ってくると私は居間のソファに座り、暗くなればランプを点(とも)して小説を読んだ。ランプが右側にあれば少し身体を右に傾け、左側にあれば左に傾けて読む。寝る前は、寝室のベッドサイド・テーブルの上のランプの方に身体を向けて読んだ。今思えば、若くて身体がゴム輪のように柔らかかったのであろう、どんな無理な姿勢で読み続けても疲れなかった。

ラクソに出会ったのは、大学に上がり、建築家などと知り合ってからである。勧められて使い始めたが、最初は機械的な形がしっくりとこなかった。古い小説ばかり読んでいたせいか、成長するにつれ私は古いものが好きになり、学生時代にはすでに骨董もどきの品で身辺を飾るようになっていた。その中でラクソはいかにも不釣合いであった。

使い続けたのは、手元を照らす照明として、あまりに便利だったからである。どんな角度にもアームをもってゆけ、どんな角度にも首を振ることができる。寝転がって小説を読んでいて寝返りを打つとき、ひょいと腕を伸ばして角度を変える。また寝返りを打つとき、またひょいと角度を変える。それでいて、部屋全体の闇を楽しむことができる。

大人になってお金と時間ができたら、もっと自分の好みの照明器具を買おうと思いつつ、ラクソはベッドの横、机の上、肘掛け椅子の隣り、とアパートの中に増え続けていった。ラクソの真価がわかったのは、大人になり、お金と時間はともかく、心の余裕ができ、代わりになるランプを探し始めてからである。私はそのとき初めて知った。巷に幾千の照明器具が溢れていようと、ラクソほど便利でかつ完璧に美しい形をしたものはない。

ラクソが誕生したのは一九三七年。ノルウェーのエンジニアが商品化するつもりもなく作ったものが、人の目にとまり商品化され、やがて照明器具史上重要なものとなった。今や私にとっては、必需品の範疇を越えて、忠実な友である。夜、部屋全体は暗いままラクソだけがぽっかりと机の上を照らしているのを見ると、仕事に戻るのを辛抱強く待っていてくれたような気がする。

Ⅲ　私の本、母の本

『續明暗』のあとに

わたしは店に入るのが苦手だ。とりわけ本屋に入るのは苦手だ。本屋へ行くのがおっくうで、読みたい本が手元になくなってしまうと、同じ本を繰り返して読んでしまうくらいである。だから二、三日前に本屋へ行ったのも、横断歩道を渡ったとたん、目の前にクーラーの効いていそうな広い店がガラス越しに見えたからに過ぎない。外はあまりに暑かった。それに比べて店の中はいかにも涼しそうだった。わたしは意を決して自動ドアをくぐった。一瞬のうちに汗が引く快感があった。だがその快感と共に、いつも日本の本屋に入る度に覚える、何だかやりきれない気持ちがわたしを襲って来た。その何だかやりきれない気持ちと、なぜわたしが『續明暗』という本を書くようになったかとは直接結びついているのである。

たとえばわたしはデパートの地下の食料品街へ行っても必ずめまいのようなものを覚

える。あの物の豊富さは、繁華街での買い物が日常的になっていない人間には刺激が多すぎるのである。だがわたしが日本の本屋で感じるものはそれだけでは片づかない。

「わたしはなぜここに居るのだろう」

まるで本の背表紙がスクラムを組んでわたしに背を向けているような気がするのである。一体これらの本とわたしとはどう関係があるのだろう。わたしはあまりの疎外感に呆然とする。そして必死で日本人であろうとして来た長年の自分の愚かしさに、暗澹たる思いに陥らざるを得ないのである。

わたしは十二歳の時父親の仕事の関係で家族とともにアメリカに渡った。以来大学院を出るまでアメリカで教育を受けて来た。当然のことながら『續明暗』を書くまでは、手紙をのぞけば日本語でものを書いたことは数えるほどしかない。だがそれではわたしの母国語は英語かというと、そんなことはまったくないのである。

わたしの両親は、多くの日本人の例に漏れず、早くアメリカ人になってやろうという移民精神とは無縁であった。それでいてアメリカの生活が居心地がよいのでだらだらとアメリカに残ってしまったのである。むろんその間自分たちが日本人であることに何の疑問を持つこともなかった。両親のそのようなありかたは、わたしと言語とのかかわり合いにそのまま反映した。つまりわたしにとっても自分が日本人であること——自分の母国語が日本語であることは、日が東から昇るように当たり前のことのように思えたのである。しかしすべての子供をアメリカ人にしようとするアメリカに育ちながら、その当たり前のことを実際に当たり前にするにはかなりのエネルギーが要ったのであった。

今思えばわたしは十二歳からの年月をすべて、自分がアメリカ人にならないということだけを目的に生きて来てしまったような気がする。わたしはアメリカに目をつむり、ひたすら日本に目を向けた。アメリカの男の代わりに日本の文学とばかり付き合った。むろんありがたいことにそれなりの成果はあった。数年前初めて日本の雑誌に書く機会があったが、わたしの日本語はあまりに当たり前の日本語だったため、わたしが日本人であり続けたことを誰ひとり褒めてくれる人もいなかったのである。

その頃からである。わたしはもうひとりの、こうでありえたかもしれない、英語でものを書いている自分の影に常につきまとわれ始めたのだった。それは、わたしと日本語の関係が急に恣意的なものに見えてきたということにほかならなかった。十二歳という年齢から英語を使い続けてもそれが母国語になることはむずかしかったかもしれないが、一番自由に操れる第一言語になった可能性は大いにある。そして、もの書きが使う言葉は母国語はおろか第一言語である必然性すらないのである。国際語である英語においてはとりわけその必然性が乏しい。なにしろ英語圏でやらねばならぬという決断をもっと早くに下してさえいれば、わたしは今頃英語で書いていたかもしれないのであった。もし超越的な立場から言語を選べるとしたら、今世界で英語で書くことの有利は誰の目にもあきらかだろう。

日本の本屋に入った時に感じる困惑は日本語を選びとってしまったことに対する困惑である。目の前に燦然と広がるのは、日本の「今」と「ここ」の中にあまりに閉ざされた言語空間である。わたしは海の向こうで健気にも日本人であり続けるためにだけ生きて来たというのに、こうして戻って来れば何がおこっているのだかさっぱり解らない。何がおもしろいのだかもさっぱり解らない。なぜわたしはこのように自分と隔った精神と関係しようと思っていたのだろうか。ここでこうして日本語を操っている人とわたしとどういう関係があるのだろう。大体こうして日本語を操っている人と外の世界とどういう関係があるのだろう。わたしは日本語を選びとってしまったことによって、世界そのものと切れてしまったような心細い気持ちに襲われる。今までの自分の人生が無意味な試みに明け暮れていたようで、はかなくなる。——そんな時、わたしと世界との関係を復活させてくれ、わたしを力づけてくれるものに漱石のテクストがあるのだった。漱石のテクストだけではなく、超然とした精神を宿すいくつかの日本語のテクストがあるのだった。

漱石が『明暗』を執筆している最中に書いた手紙に次のようなものがある。

牛になる事はどうしても必要です。……根気づくでお出でなさい。世の中は根気の前に頭を下げることを知つてゐますが、火花の前には一瞬の記憶しか与へて呉れません。うんうん死ぬ迄押すのです。それ丈です。……相手はいくらでも後から後から出て来ます。さうして吾々を悩ませます。牛は超然として押して行くのです。何を押すかと聞くなら申します。人間を押すのです。文士を押すのではありません。

ここで漱石のいっている「人間」とは大衆を意味するものではない。「文士」とは知識人を意味するものではない。「人間」とは誰だか解らないがいつかどこかで自分の本を読み得る人たちを指すのである。それは昨日電車で隣り合わせた人かも知れないし、五十年後、見たこともない国に生まれる人かも知れない。誰だか解らない故に畏れねばならない人たちである。「文士」とはその反対に畏れるに足りない人たちである。そしてそれは彼ら自身が畏れを知らない人たちだからにほかならない。彼らにとっては「今ここ」で彼らが操るしゃべる言葉がすべてである。彼らはその言葉が、「今ここ」にない目の前に曝された時、どれほどよって立つところのない言葉であるかには気がつかない。

わたしは日本の「今」と「ここ」を生きて来ることのできなかった人間である。漱石の「言葉」がそのような人間にもまっすぐ語りかけてくれるとしたら、それは当時漱石が、当時の日本の「今ここ」にある言説空間に向かって書かなかった故にほかならない。

このような作家の書く言葉はしばしば簡単には翻訳され得ない。だがそういう作家だけが時間の流れにも空間の広がりにも耐え、世界性をもちうるのである。

ユダヤ教が世界宗教のキリスト教となる契機は、パリサイ人批判にあった。パリサイ人とは一般的に偽善者と呼ばれるものである。だが彼らは実は「文士」なのである。安息日に何をすべきで何をすべきでないかを論じ合う彼らは、外部の人間には意味をなさないルール内でのゲームにうち興じる人たちにほかならない。キリストは「文士」たちのルールの恣意性を指摘することによって、ユダヤ人以外の「人間」にユダヤ教の門を開いた。ところで、キリストにこのような「文士」批判を可能にさせたのは神ではない。それは旧約聖書に書かれている「言葉」なのである。パリサイ人は始終イエスに難問をふっかけて来るが、イエスの答は決まっている。かれは聖書の「言葉」を引用して、「あなたがたはこう書かれているのを読んだことがないのか」と言うのである。すなわち、キリストの世界性とは「読むこと」の結果なのだ。それは「今」と「ここ」から離れた所にある「言葉」との交流から生まれたものである。

鷗外の『青年』には漱石をモデルにした拊石（ふせき）という人物が出てくるが、鷗外は主人公の青年の口を借りてその人物をこう評している。「拊石（ふせき）といふ人は流行に遅れたやうではあるが、とにかく小説家中で一番学問があるさうだ」。この鷗外の文章では「流行遅れ」であることと「学問がある」ことが漫然と並列されているが、実はこのふたつの事実は同じことを指し示すものである。『青年』が書かれた当時（明治四十三年—四十四年）日本で流行していた「自然主義」に漱石が無関係にやってきたことをわれわれは知っている。そうして当時の人間の目に「流行遅れ」に見えた漱石が、実際は流行に無関係に、すなわち、「人間」に向かって書くことができたのは「学問」があったからなのである。「学問」とは「今」と「ここ」から離れた「言葉」を読むことである。のみならず、それが書かれた時からすでに「今」と「ここ」から離れていた「言葉」を読むことである。よくいわれる漱石の漢文学及び英文学の素養とは、そういう「言葉」との交流にほかならない。人は真空の中で孤高を持する訳には行かない。「人間」に向かって書かれた過去のテクストを読むことによってのみ、「人間」に向かって書くことが可能になるのである。

『續明暗』は漱石を読むことを通じて「人間」に向かおうとするひとつの試みである。そしてそれはわたしにとって日本語との結びつきの必然性を今一度選びなおそうという試みでもある。歴史の一回性の中で明治という時代に漱石のような作家がいたことは日本文学にとって幸いなことであった。『續明暗』が漱石という作家に対するオマージュでもあることはいうまでもない。

『續明暗』——私なりの説明

『明暗』を執筆中の漱石に次のような有名な手紙がある。

牛になる事はどうしても必要です。吾々(われわれ)はとかく馬になりたがるが、牛には中々なり切れないです。……牛は超然として押して行くのです。何を押すかと聞くなら申します。人間を押すのです。文士を押すのではありません。

『續明暗』を書く前も書いた後も私はこの手紙に力づけられた。『續明暗』は批判を予想して書かれたものである。いわく、漱石はこのようには『明暗』を終えなかったであろう。いわく、漱石はより偉大である。いわく、このような作品の出現にもかかわらず、漱石は依然として漱石である。

幸い『續明暗』は多くの読者を得た。批評家の中にも、右のようなあたりまえな批判だけは文章に著すまいという、批評家としては当然の決断を下す人もいた。だが、『續明暗』が予想通りの批判を矢のように浴びたのも事実である。私はこれらの批判に異論をもつ者ではない。私は漱石が『明暗』をどう終えるつもりでいたかを知らない。私は漱石のように偉大ではないし、私のような者が何を書こうと漱石が依然として漱石であるのに変わりはない。

だがこのような批判にどのような意味があるのか。

漱石は今や国民作家である。その漱石が未完のままにして死んだのが『明暗』である。『明暗』の続編を書けば、どのようなものを書こうと、誰が書こうと、右のような批判を受けずにはすまされない。漱石もこう終えたであろうと万人が納得できる『明暗』の終えかたもなければ、漱石に比べられて小さく映らずにすむ現存の作家もいない。そのような存在でしかない現存の作家が漱石の地位をあやうくするはずもなく、漱石は依然として漱石であるほかはない。これらはすべてあたりまえの話である。

それでも書こうというのは、漱石の言う通り、「人間を押す」ことを望むからである。「文士を押す」ことを目標にしているかぎり『明暗』の続編は書けない。「文士」こそ今まで『續明暗』が書かれるのを阻(はば)んでいたものだからである。

「人間」とは何か。それは私と同様、『明暗』の続きをそのまま読みたいという単純な欲望にかられた読者である。漱石という大作家がどう『明暗』を終えたかよりも、お延はどうなるのか、津田は、そして清子はどうなるのかを『明暗』の世界に浸ったまま読み進みたい読者——小説の読者としてはもっとも当然の欲望にかられた読者である。小説を読むということは現実が消え去り、自分も作家も消え去り、その小説がどういう言語でいつの時代に書かれたものかも忘れ、ひたすら眼の前の言葉が創り出す世界に生きることである。それを思えば、「人間」であることこそ小説を読む行為の基本的条件にほかならない。我々が我を忘れて漱石を読んでいる時は、漱石を読んでいるのも忘れている時であり、その時、漱石の言葉はもっとも生きている。文学に実体的な価値があるとすれば、それはこの読むという行為の中から毎回生まれるのである。漱石の価値というものも、そこでは毎回自明なものではなくなり新たに創り出される。文学の公平さというのもそこにある。

「文士」とは何か。それは私と同様、漱石が大作家であることを知っている人である。「文士」にとって漱石の価値というものは自明なものとしてある。

我々はふつう生きている時は「文士」でしかありえない。「人間」でありうるのは、小説の世界に没頭している特権的な時間の中においてのみなのである。その特権的な時間の中で自然に生まれた「人間」の欲望に応えようとすること——「人間を押」そうとすることを、我々の中にある「文士」のために断念する必要があるだろうか。答は否である。

書き終えてしまえば不満も迷いも後悔も残るが、それに関してはまた別の機会が与えられれば幸いである。今はこの場でよくある疑問にだけ答えたいと思う。

『續明暗』が可能なかぎり漱石に似せて書こうとした小説であることはいうまでもない。だがそれ自体はこの小説の目的ではない。『續明暗』はより重要な目的のためには、漱石と似せないことをも選んだものである。

『續明暗』を読むうちに、それが漱石であろうとなかろうとどうでもよくなってしまう——そこまで読者をもって行くこと、それがこの小説を書くうえにおいての至上命令であった。その時は『明暗』を書いたのが漱石であること自体、どうでもよくなってしまう時でもある。だが漱石の小説を続ける私は漱石ではない。漱石ではないどころか何者でもない。『續明暗』を手にした読者は皆それを知っている。興味と不信感と反発の中で『續明暗』を読み始めるその読者を、作者が漱石であろうとなかろうとどうでもよくなるところまでもって行くには、よほど面白くなければならない。私は『續明暗』が『明暗』に比べてより「面白い読み物」になるように試みたのである。

ゆえに漱石と意図的にたがえたことがいくつかある。まず『續明暗』では漱石のふつうの小説より筋の展開というものを劇的にしようとした。筋の展開というものは読者をひっぱる力を一番もつ。次に段落を多くした。これは現代の読者の好みに合わせたものである。さらに心理描写を少なくした。これは私自身『明暗』を読んで少し煩雑すぎると思ったことによる。語り手が物語の流れからそれ、文明や人生について諧謔をまじえて考察するという、漱石特有の小説法も差し控えた。これは私の力では上手く入れられそうにもなかったからである。もちろん漱石の小説を特徴づける、大団円にいたっての物語の破綻は真似しようとは思わなかった。漱石の破綻は書き手が漱石だから意味をもつのであり、私の破綻には意味がない。反対に私は、漱石の資質からいっても体力からいっても不可能だったかもしれない、破綻のない結末を与えようとした。

次にその『續明暗』の結末だが、私は独創的な結末を書こうとしたのではない。『明暗』の内的論理を忠実に追い、漱石がめぐらせた伏線を宿題を解くように解き、もっともあたりまえな方向に物語をもって行ったつもりであった。あたりまえであることを意図したその結末が、意表をついていないという批判を受けたのには驚いたが、さらに驚いたのは、その同じ結末が、意表をついているという賛辞を受けたことである。最大公約数的な結末などというものがありえないのを私は思い知った。

ただ私はいまだに『明暗』がその結末をどの方向にももって行ける小説だとは思わない。『明暗』はなぜ清子が津田を捨てたのかという冒頭の問いをめぐる小説である。その問いは津田の心の中と読者の心の中と二つのレベルで同時に問われ、読者は、津田がその問いの答を探す過程そのものに、その問いの答を見いだして行くのである。『明暗』

の内的論理と矛盾することなしに、津田が清子と一緒になるという結末は私には不可能に思える。

最後に、お延の沈黙の問題がある。『明暗』の饒舌（じょうぜつ）なお延に比べ『續明暗』のお延は寡黙（かもく）であり、最後はほとんど無言である。それは、人が死に向かおうといったん決心するのは、出口のない気持の中にどんどんと追いつめられてのことだと信じるからである。お延が胸のうちを少しでも吐き出せたら、自殺に一途（いちず）に向かっているその精神の緊張はゆるんでしまう。お延にしゃべらせ、かつ自殺をいったん決意させるというのは、少なくとも私には困難に思えた。もちろん自殺を決意させるという筋書を選ばなければ、別の話である。

以上簡単だが、くりかえし取りあげられる点なので私なりの説明を試みた。

自作再訪――『續明暗』

本というものは、書き終われば幸せな記憶しか残らない。漱石の『明暗』を完結させた『續明暗』は、中でもことに幸せな記憶と結びついている。三十半ばにして人生が新しく始まったのであった。

日本語の古い小説に親しんで異国で育つうちに、祖国に戻ったら小説を書こうと夢見るようになった。ところが二十年という歳月のあと、いざ日本に戻れば、現実の祖国を前に、そんな夢も掻き消えそうな毎日であった。それがある日、新しい雑誌に小説を連載しないかと身に余る話があった。それと前後して、米国の大学から教職の口がかかった。私は再び日本を離れ、半生の夢とは裏腹に、異国で小説を書くことになった。

初めて書く小説――いや、小学生以来、初めてまともに書く日本語でもあった。長年の想いが全身から噴き出すようであった。

あの三年間、いかに小説を書く時間を大切に生きたことか。授業のスケジュールを睨(にら)みながら、この日は夜に書ける、この日は一日中書ける、この週は三日連続して書ける、とカレンダーに赤く印しておく。連続して書ける日々は寝ても覚めても書き続けた。疲れると、初めての給料で買った、ご自慢のピンクの長椅子に横になり、漱石全集を次々と開く。『續明暗』に使えそうな言葉を拾うのである。漱石は呆れるほど面白く、知らず知らずに読み進むうちに、すぐ時がたってしまう。

我に返ると今度は自分の作品の構想を練る。ふいに長椅子から身を起こし、少し古風なせりふを口にしながら、ため息をついたり、虚空を睨んだり、立ったり坐ったりするのは、すっかりお延(のぶ)や清子になったつもりで、津田に怒っているのである。昔、母が着ていたウールの茶羽織をガウン代わりに羽織っており、その袂(たもと)をもって、ヨヨと泣いてみたりもする。

コンクリート造りの大学の宿舎の中である。床にはリノリウムが貼ってある。窓の外は一方は緑だが、もう一方は駐車場である。聞こえてくる言葉は英語である。だが私の目に見えているのは、湯河原の奔湍(ほんたん)、山間を駆ける人力車、長火鉢の上でしゅんしゅんと鳴る鉄瓶(てつびん)などである。つくづくと小説を書くことの不思議を思った。

連載の締切り日には、深夜、原稿を手に近くのホテルまでファックスを出しに行った。原稿料は貰えず、当時国際電話で送るファックスの代金は高かったが、今回も無事に書き終えたという満足感でぼうっとしていた。そのあと、ぼうっとしたまま、遅くまで開いているホテルのバーで赤ワインなどを注文する。アルコールとホテルの吹き抜けの天井のせいであろうか、世界が『續明暗』を中心にぐるぐると回っているような誇大妄想狂的な思いがしてくる。現実が夢に思える瞬間であった。

その『續明暗』も絶版になってしまった。それを知ったとき、悲しみよりも衝撃の方が多かったのは、漱石と共に永らえることができると信じていたからである。

『私小説 from left to right』について

まさにくずかごに捨てようとしていたところで、たまたま救われたもの……それが自分の作品である。そう言ったのは、彫刻家のジャコメッティである。昔知ったその言葉が、今、こうして一つの小説を終えたところでふいに思い起こされるのは、それが個々の作品の存在の不思議について、その本質を言いあてているからかもしれない。

彫刻そのものは人間にとって必然性がある。人はいつの時代でも、土や木や石や金属でもって用途のない様々な形のものを造ってきたからである。ところが、個々の彫刻にかんしてはそのような必然性があるとはいえない。ジャコメッティの「この」彫刻が世に存在する必然はどこにもないのである。くずかごに捨てられるべきか、画商の手に渡るべきか——ほんのわずかな現実の動きが、そこにあるものを突如「作品」に転じる。

同じことが文学にもいえよう。文字を知った人類はいつの時代でも、様々な形式で用途のない文章を綴ってきた。だが、文学そのものに宿るその必然性は個々の作品にはない。なぜ「この」作品が世になくてはならないか。そこに答えはありえないのである。『私小説 from left to right』は、親に連れられてニューヨークにわたり、長年アメリカに住んだあと日本に帰って小説家になろうという一人の女の話……要するに、どこまでも自分のことを（英語をまじえて）書いたものである。それだけに不安はなおさらであった。

連載の締切りのたびに感じていた、こんなものを世に出す意味があるのだろうかという不安は、手直しにぐずぐずと一年かけるうちに、さらに高じてきた。そしてそのうちそれは自分の小説に対する不安にとどまらず、書店に入り本の洪水をまのあたりにするたびに、そもそも人はなぜ本を書くのだろうと、考えてもしようもないことを考えてぼんやりとするまでになった。

ところで出版という事実は魔法のようである。小説がもうどうしようもなく自分の手を離れてしまったとたん、そのような思いはあとかたもなく消えてしまった。ついこの間まで反古紙と限りなく近く、くずかごから取り出してはまた投げ入れていた紙に書かれた言葉が、急に必然性を帯びて見える。永遠の生命すら与えられたようなおめでたい錯覚すらある。今私が感謝すべき相手がいったい何物なのかよく分からないが、事実が認識に先行し、社会が私を越える存在だという現実をありがたく思うのみである。

灼熱のインドと雪夜のアメリカ

自分でものを書き始めると、人のものを読む心の余裕がなくなる。それでも読みたい本というのはいつのまにか読んでしまうものだが、今回『私小説 from left to right』が終わるまで、読みたい読みたいと思いつつ、ついに一度もページを開かなかった本がある。まだ日本語には訳されていないが、ヴィクラム・セスという作家の書いた『スータブル・ボーイ』(『見合った男』とでも訳すべきか)という題の英語の小説である。一九九三年に出版されてイギリスで大層評判になり、ぜひ読むようにと人に勧められて買い、それ以来、机の脇の本棚にその姿を目にするたびに読みたい思いにかられるのだが、それでいてついに今まで手にとることがなかった。

ひとつにはそのとんでもない長さがある。なにしろ『スータブル・ボーイ』は、細かいプリントで千五百ページにもわたる小説で、厚さが十センチ近い。これでは眼を充血させて朝から晩まで読んだところで四、五日はかかる。少し気をゆるしたら二週間はかかるだろう。小説を読み始めると終えるまで何事も手につかない私にとって、恐ろしくてページを開く気にならなかったのは当然であった。

だが読まなかった理由はそれだけではない。『スータブル・ボーイ』を書いたヴィクラム・セスはインドで生まれインドで育ったインド人である。つまり西洋人ではないのに、世界中の人たちに読んでもらえる英語という言語で小説を書いた作家なのである。——それにひきかえ私は今何をしているのだろう。アメリカに育ったというのに、英語を忌み嫌い、日本語にめんめんと固執し続けたあげく、こうして日本語で小説を書いている。どこかで別の人生を歩み、今英語で書いていたとしたら……そのような思いは自分の小説を書き進むうちに後悔に近いものとなり、いつしか『私小説 from left to right』の主題そのものとなっていたのである。そんな時におもしろいに決まっているこの『スータブル・ボーイ』を読んだらどうなるか。名状しがたい憂鬱の中に放り投げられ、ただでさえ進みあぐねている自分の小説など書き終える気もなくなってしまうかもしれない。実際、書き終えてからそのぶ厚い本を手にとるのにも躊躇があった。

ところが、そのような懸念は無用だった。読み始めるやいなや自分をめぐるつまらない思いはどこかに消えてしまった。それどころか、ともすればここが東京であることも、もはや秋風が立ち、夜長に虫の音が聞こえるようになったことも忘れ、そのかわりにインドの灼熱の太陽のもとに生きる様々な人たちが目の前にいるだけだった。見たこともない南国の花の芳香と、人の汗と牛の糞と強いスパイスの匂いが鼻をつく。自分の小説を書き進むうちに、そもそも小説などというものがおもしろいものかどうかもわからなくなっていた所に、小説はかくもおもしろいものだと教えられたようであった。

『私小説 from left to right』は親に連れられてアメリカに渡った娘が、アメリカになじまずに日本語の本ばかり読んで育ち、ついに日本に帰って作家になろうとする話——要するに私自身の話を、英語の会話をまじえて横書きで書いた小説である。舞台はアメリカの東部にある大学町。しんしんと雪の降るある夜、主人公の女はこの異国で唯一つながった姉と電話で長話をしている。日本にずっと生きてきた読者に、あのしんしんと雪の降る夜の孤独——異国に育ち異国に暮らす姉妹の孤独、そしてアメリカという国そのものの孤独が現実として感じられるだろうか。あの主人公の女のように日本を恋うることと——日本語というものを恋うることがあるのを理解してもらえるだろうか。私がいま秋の夜長の虫の音を耳に灼熱のインドを目の前にしているように、これから紅葉の美しくなるこの日本で、たとえ数時間でもアメリカの雪夜の闇が現実のものとなってもらえれば、小説を書くことのそれ以上の至福はないであろう。

「野間文芸新人賞」受賞スピーチ

水村美苗でございます。

この度は野間文芸新人賞をいただきまして、光栄に思っております。ありがとうございました。

『批評空間』の編集長の山村さん、新潮社の編集者の矢野さん、装丁を助けて下さった飯田さん、そしてこの本を野間文芸新人賞の候補に挙げて下さいました講談社の編集者の方々に御礼を申し上げます。また、ほかの方たちの大いなる反対をよそに、この本を押して下さいました選考委員の方々にも御礼を申し上げます。また、様々な形で、この本を読んで下さった方々にも、この席を借りて厚く御礼を申し上げます。

私は小説を書き始める前、アメリカの大学院で長い間文学を勉強しておりました。小説を書くのに大学院へなど行く必要はまったくありません。思えば無駄なことをしたものです。

しかも当時私が勉強していた大学院は、deconstruction——日本語で言う「脱構築」という新しい文学理論の牙城となっていた所です。そこでは、理論家になることこそ最も崇高なことであり、作家などというものは少し頭の足りない連中の選ぶ道でしかないという雰囲気に満ち満ちており、私には大変居心地の悪い場所でした。

ところで、新しいものとは、過去を批判する形をとることによって「新しい」という印象を与えるのに成功したものです。「脱構築」という理論も、従来の文学観を批判したものでした。その理論の基本にあるのは、従来考えられていたようには、意味というものは成立しないという、言語にかんしての基本的な考察です。それは哲学の素養を必要とする難解なものです。

当然のことながら、その「脱構築」という批評の方法は、古い世代の批評家には、大変、不評でした。難解な言葉遊びに過ぎないとして、アカデミアの外の人間にも、大変、不評でした。そして「脱構築」という名のもとに随分とつまらない言説がまかり通っていたのも事実だったのです。でもどんな分野でも、そのうちの九割は、才能もなければ、真面目な気持もない人に占められているものです。私自身、その新しい理論を本当に理解することはありませんでした。それでいて、それに対して常に深い畏怖の念を抱いていたのは、その中心にいた一人の教授のせいでした。

これは私の『私小説 from left to right』の中で「大教授」として出てくる人物で、今はもう亡くなった方です。

当時彼は当然のこととして、学生、同僚を問わず沢山のエピゴーネンに囲まれていました。エピゴーネンというのは、ご存じの通り、追随者、模倣者という意味です。そしてそれらのエピゴーネンは「脱構築」の理論の基本的テーゼを飽きもせずに同じ言葉でもってくりかえしました。いわく、真の文学とは閉ざされているべきではない、言語とは自己言及的なものである、意味とは決定不可能でしかありえない、云々。一学生である私もエピゴーネンの一人でしかあり得ませんでした。でも彼は、エピゴーネンに囲まれることによって、ますます孤独になって行くようでした。そのますます孤独になって行く姿を見て、私はいよいよ彼を尊敬しました。

さてその「大教授」によれば、文学というのはふつう私たちが考えているものとちがって、徹頭徹尾空虚なものなのです。それを空虚なものだと思わないのは、私たちの、言葉に対する認識が足りないからだけなのです。「大教授」は言います。言葉とは私たちが意図したことを言っているとは限らない。それどころか、私たちの意図を超え、しばしば、まるで反対のことを言ってしまう。そして、それは、言葉というものはその本質において、記号と意味とが乖離せざるを得ないものなのだからである。

もちろん、人間とは言葉を使う存在である限り、意味にとらわれざるをえない存在です。それでいて、言葉の本質というものは、意味にとらわれた人間の意図を裏切らざるをえないものなのです。

ところで、その「大教授」が一番やりだまに挙げたのは The language of selfhood ——すなわち、人が「私」というものにかんして語る時の言葉でした。人は「私」というものにかんして語る時ほど、誤謬(ごびゅう)におちいる時はない。なぜなら、人は「私」というものにかんして語る時ほど、自分の意図した意味の自明性を信じることはないからです。

だから文学というものは、作家が何を意図しようと、作家の自己認識に通じるということはあり得ない。解放につながることもあり得ない。癒すこともあり得ない。そもそも、作家が自分に言いたいことがあると思うのも、そして、それ以前に、自分というものがあると思うのも、疑わしい。たとえば、ルソーの『告白』といえば、私小説の元祖のようなものですが、その『告白』について「大教授」は、そこに出てくる「自分」などという概念は、たんに言語の副作用のようなものでしかないかもしれないとも言っています。

要するに、「私」というものにかんして言えば、ないないづくめなのが文学なのです。

今思えば、『續明暗』を最初に書いたのも、「私」というものをかけ離れたところで書くことによって、その language of selfhood を通らずに済ますことが出来ると思ったからかも知れません。

ところで、今回の、『私小説 from left to right』です。題名からは矛盾しているようですが、実は私はこの小説を書き始めた時も、自分の問題には深く入らないつもりでおりました。もっと抽象的に言語と人間の問題について書こうと思っていたのです。ところが、書き始めてしばらくするうちに、自分でも何が何だかわからないうちに、とてもそんな所では書いていられなくなって行きました。そして、いつのまにか私は、「大教授」が文学とはかくあるべきものではない、と否定していたすべてのものを、これでもかこれでもかと、取り込んで行くことになっていったのでした。

実際、私はこの作品を書くうちに、自分を理解したいとも、解放したいとも、癒したいとも思うようになりました。

誘惑におちいるまいとして書き始めたのに、結局は、誘惑に打ち勝てず、落ちるところまで落ちて、自分の過去、現在、未来に拘泥し、いわば、堕落のきわみで書いたのです。そのめくるめくような下降運動には、何ともいえないものがありました。

そんな小説が、今、こうして何人かの方の心に通じ、賞をいただくこととなったのを、心からありがたく存じます。

己れの堕落を知りつつ書いていた時の私の唯一の望みは、私が何を意図しようと、そのような意図をはるかに超えたものが言葉にあり、そしてこの世そのものにあり、私の小さな意図などは楽々と超え、この私の書いたものを救ってくれるかもしれないということでした。それは別の言い方をすれば、見も知らぬ読者が、私の意図を超えたものを、この小説から読んで下さるかもしれないということです。

いただきましたこの賞が、一人でも多くの読者に、そのような形でこの小説を読んでいただけることにつながりましたら、これほど嬉しいことはありません。

どうも本当にありがとうございました。

祖母と母と私

『高台にある家』は私の母が書いた小説である。当然のことながら、『高台にある家』に登場する「母」は、私の祖母である。

この本の最後の章が暗示しているように、母の結婚生活は当然のこととして破局を迎えた。家を飛び出した母はやがて再婚し、姉と私を生んだ。あわただしいその数年間、祖母はふたたび「田村」に預けられたらしいが、私が生まれるときに女中代わりに呼び戻され、以来死ぬまで母と一緒であった。

すなわち『高台にある家』に登場する「母」は、私が物心ついたときは「おばあちゃん」として我家にいたのである。

祖母は私をたいそう可愛がった。

父も母も姉を可愛がっていたので、そんな祖母が家族のなかにいたのは私にとっては幸いであった。

明方に一人目覚めると祖母の寝ている部屋へと忍んで行き、祖母の蒲団にもぐりこむ。板敷きの廊下を数歩あるいただけで冷えてしまった足先を祖母の骨張った身体に押しつける。起こしても叱られないのがわかっている。いや、起こしても、ふところに入って来たふにゃふにゃしたものが私なのを知って、老いた顔が笑みこぼれるのが暗闇でもわかっているのである。家族に一人そのような人間がいるというのは幼い子にとっていかに幸福なことであろうか。私は祖母のぬくもりのなかで、胸に手を入れ乳房をまさぐり、とりとめのないおしゃべりをするうちにまた寝入ってしまう。祖母が死んだ夢を見て大声で泣き、その泣き声で目覚めたこともあった。

幼稚園の入園式の写真に付き添いとして写っているのも、母ではなくて、黒い羽織をまとった着物姿の祖母である。

母はロマンティストな反面、はなはだ現実的な人間である。祖母が丈夫で役に立たなかったら、祖母を引き取るという約束がどこまで果たされたかはわからない。だが幸い祖母は丈夫で充分に役に立った。そして東京の郊外で暮らす私たち一家のなかでところを得た。たすきを掛け、前垂れをしめ、一方で孫を甘やかしながら、一方でくるくると働いていた。

死んだのは私が七歳になった二日あとである。

八十一歳と九カ月であった。

現実の祖母の死を前に泣いた記憶はない。だが祖母が死んでから私の子供時代は、以前と同じものではなかった。

私の知っている祖母の乳房は無惨に萎(しお)れて垂れていた。

だがその残骸とでもいうべき形は、豊かだった乳房固有のものである。十代で芸者として披露目をしてから、三人の夫をもち、夜伽(よとぎ)に出されていたことさえある祖母である。また自分の子供に加えて、血のつながらない子にまで乳を含ませて育てた祖母でもある。何人の男と子供とがその豊かな乳房で遊んだことか。乳も出なくなり、張りがなくなってからは孫がその乳房に連なった。そしてその列の最後に来たのが、私であった。

祖母にとっては、自分の乳房に連なったたくさんの人たちのおしまいにいたのが、私だったということになる。

だが、私にとっての祖母は、それからの人生を不安に怯(おび)えず生きていける一生分の安心感を、人生の初めに与えてくれた人であった。

私は小さいころから母の「小さいころの話」を聞いて育った。

それは祖母の話を聞いて育ったということでもある。

いつしか私は祖母の話を書きたいと思うようになっていた。小説を書きたい、小説家になりたいと思ったのも、いつかはこの祖母の話を書きたいという思いがあったからである。

母の語る祖母の人生には、明治文学、大正文学、昭和初期文学——異国に育った私があこがれやまなかった日本近代文学の命が、音を立てて脈打っているような気がした。母が老いて文章教室に通うようになったときに、祖母の話を書いてほしいと言ったのも、母が書いたものを将来自分が使えるだろうと思ったからにほかならない。

ところがその私が書きたかった小説を、母が書き、出版することになってしまったのである。

母は文章教室で十年近くは習作と称するもの——恋愛もの、旅行記、祖父の死、などについて書いていた。転機が訪れたのは、八木義徳（やぎよしのり）先生という、人格者としても、小説家としても、世にも稀なかたに師事するようになったあとである。

それが「八木教室」という文章教室であった。

八木先生に親しむにつれ、あの先生なら十二分に理解して下さる、そういう安心感があったのであろう。母は自分の生い立ちの話、祖父の話、そして祖母の話を書き始めた。それは母自身が一生自分のうちにためこんでいた話であり、今まで母が書いたものとはどこか質がちがっていた。八木先生は当然瞬時におわかりになり、一回目からたいへん誉めて下さった。

一九九二年のことである。

母は運の強い人間である。その八木教室には、根本昌夫氏が八木先生を補助する形で一緒に教えにいらしていた。名だたる編集者だという。根本氏は誉めて下さっただけではない。最初の数回読んだところで、出版の可能性ということを口に出された。

それから母は八木教室に提出するという形で、八木先生と根本氏に力づけられながら少しづつ書いて行った。八木先生が体調を崩され、八木教室も間遠になったが、母の方も体調を崩し、その間遠になった八木教室に文章を提出し続けた。出版して下さるという話が具体的になったのは、一九九九年の九月、八木先生が入退院をくり返されるようになったあとである。本が出来上がったのは、二〇〇〇年の二月。八木先生は母の本の出版を楽しみにして下さりながら、暮れに亡くなっていた。

全部で七年かかった本である。もちろん八木義徳という作家と根本昌夫という編集者がいらっしゃらなかったら、陽の目を見なかった本でもある。お二人にはいくら感謝してもしたりない。

『高台にある家』には私の手が入っているが、それは自ら進んでそうしたわけではない。

『高台にある家』を書き始めたとき母は七十歳を超していた。私が一応は小説を出したあとである。老いた母は最初から「先輩」としての娘の協力をあてにしていた。そこにあったのは、老いの弱さであり、ずるさでもある。だが、そこには老いの謙虚さもあり、その謙虚さの背後には、昔はその存在を気にもとめていなかった娘に対する、赤子のような信頼もあった。

八木教室に提出する前に必ず私に見せる。私が赤を入れる。母が言われた通りに直す。まずそこから始まった。

パソコンの使い方も教えた。

事態が複雑になったのは、根本氏が出版の可能性ということを口に出されたあたりからである。母は単純に眼を輝かせたが、私は喜べなかった。自分が書きたかった小説である。それを母が書いて、出版してしまうかもしれない。私が書きたかった小説を母が書くのに、なぜ私が協力せねばならないのか?

それだけではない。

当時私は母に対して優しくなれない状況にあった。母は母で言い分があろうが、あの数年間というもの、私は母のためにつらい思いをさせられ、働き盛りだというのに、時間も精力もとられて疲労しきっていた。その辺の事情はここで書くようなことでもないので省略するが、当時私はこれ以上母のために持ち出しを強制されるのをやりきれないと思っていたのである。

当然のこととして、母の力は逆に動く。母は自分の小説に私を引きこむのに、いっそう執拗になった。最後の一年、本格的な手直しの段階に入ったときには、いよいよ執拗になった。母は最初から上手に書ける人間ではあったが、自分の一度書いたものを客観的に読み、そして手を入れるという作業は不得手であったのである。どうしたらいいのよぉ、と原稿を持って私のあとを追っかけてくるという感じである。アノヒト、すっごいわねえ、アナタもお気の毒、I don't want to be your shoes と姉も電話で言ってくる。母は執拗なだけでなく精力的である。私が適当に赤を入れるとパッと直し、また、どうしたらいいのよぉ、と原稿を背中に背負い、杖をついて、ひょこひょこと家までやってくる。近所に住むようになっていたのである。

決心したのは、出版が決まってからである。

私が手を入れようと入れまいと、本は出てしまう。

その事実を前に、なすべきことは一つしかなかった。

娘の私が言うのも妙だが、『高台にある家』は、あまりに良い小説であった。まず、事実そのもののおもしろさがある。時代そのもののおもしろさがある。それに加えて母の驚嘆すべき記憶力がある。母の文体独特の、真似できない艶と妙とがある。読み始めたらやめられない小説である。要するに、そのまま出すには、あまりに惜しい小説であった。

出版の話が決まってから三カ月間、私は『高台にある家』にほとんどかかりきりになった。最終的には自分のパソコンに原稿を移し、朝から晩まで手を入れ、徹夜もした。短編小説がいくつも集まったものを長編小説に直すため、登場人物や逸話を整理し、最終章をちゃんと終えるというのが、主な作業である。時間的にはそれが一番時間をとった。だが人が小説に手を入れるとき、もっとも精神の緊張を強いられるのは、そのような作業ではない。それは、そこにあるべきではない言葉や文章を切り捨てることである。そのような言葉や文章が残っていれば残っているほど、小説の格が下がり、やがては命取りになるという言葉や文章である。角川春樹事務所の方は、母の小説をあのまま出版するのに何の問題も見いださなかったようであるが、私自身はそのような作業によって、『高台にある家』が、『高台にある家』という作品に、よりふさわしいものになったと思っている。母が私の判断を全面的に信頼してくれたのもありがたいことであった。さらには、母が老いた母であり、私の娘ではないのもありがたいことであった。人は自分の娘の小説に手を入れるわけにはいかないであろう。

言うまでもないことだが、この小説の一番良いところはすべて母の力によるものである。この小説の最高の部分はすべて母一人の文章だからである。一言も変える気の起こらない部分であった。そして、親の欲目ならぬ、娘の欲目だと聞き流していただきたいが、この小説にはそのような部分が目白押しにある。手を入れながら、そのような部分に行き当るたびに、奇跡のように思えた。そして自分に母の血が流れていることが嬉しく、誇らしかった。

私が書きたかった小説ではあるが、私が書いたよりもよほど良いものが出来上がったのだけは確かである。

母は今年八十歳になった。もう祖母が死んだ年に近い。続編を書いており、死ぬ前にどこまで書けるかわからないと言う。大丈夫よ、などとは応えず、死ぬまで書き続ければいいだけじゃない、と娘の私は冷たく応えるのである。

『本格小説』を書き終えて

人の命を蠟燭に喩えた話は様々な形で流通している。ある男が無数に蠟燭が灯った洞窟へと死神に案内される。灯されて間もない蠟燭もあれば、チラチラと最後の光を放つ蠟燭もある。死神は、今にも消えそうな蠟燭を指さし、これがお前の命だと言う。男は驚き慌て、隣りの、まだ灯されて間もない蠟燭を底の方からもぎとって自分のに足す。ところがその蠟燭は男の息子の命だったのである。

この話は、その皮肉な落ちよりも、命を蠟燭に喩えたイメージの方が強烈に心に残る。闇の中に無数に灯る蠟燭の中の一本……この話を聞いて以来、自分の命を燃えつつある一本の蠟燭として折々意識するようになった。

さて、この数年間『本格小説』という小説を書いていた。驚いたのは、知らぬまに、自分の蠟燭が凄まじい勢いで燃えてしまったという事実である。人間の命としての蠟燭ではなく、小説家の命としての蠟燭である。

私は人より遅れて小説を書き始めた。しかも極めて筆がのろい。『本格小説』の連載を始めたころは、まだこの先いくらでも書けると信じていた。もちろん毎月百枚以上の連載は大仕事で、途中で実際に病気にもなり、文字通り命を削って書いた。だが書き終わって判ったのは、私が本当に削ってしまったのは、小説家としての命だったということである。

『本格小説』は『嵐が丘』をもとにした恋愛小説である。私はかつて恋愛小説というジャンルを軽んじていた。『本格小説』では恋愛を物語の中心に据えたが、戦後の日本を描く手段として、陳腐を承知で恐る恐るそうしたのである。そんな私に恋愛小説というジャンルそのものが復讐したのであろうか。

書いている最中は、一体自分に何が起こっているのだろうと驚き怪しむほど、すべてがうまくいっていた。これも書きたいあれも書きたいと思っていた人生の断片が、次々と所を得ていく。のみならず、記憶が新たな記憶を呼び、今まで思い出しもしなかったことまでが不意に胸に蘇る。何もかもが全体の構造へと有機的に繋がっていく。自分を超えた何かに書かされているとしか思えなかった。

ところが書き終えてふと我に返れば、頭のてっぺんから爪先までからっぽになっていたのである。今となってはもうこれ以上書くことがあろうとはとても思えない。私の眼の前には命つきて消えそうな蠟燭が一本灯っており、最近はチラチラと揺れるその炎をぼんやりと見ているだけの毎日である。それでも本格的な恋愛小説を書き終えたと思う満足感で、心は不思議と平らかである。

『本格小説』と軽井沢

『本格小説』という題の恋愛小説を九月の末に出した。『嵐が丘』をもとにした小説である。そこでは軽井沢が大きな意味をもっている——というより、軽井沢という地があってこその『本格小説』であった。

一つには、軽井沢の「自然」がある。あの『嵐が丘』を日本語で書くのに、自然描写ぬきで書くわけにはいかない。しかも日本語の中で、自然描写は特権的な地位を占めている。日本語では、人間の内面の分析よりも、四季が移るさまを描いた方が、読者の情感に直接訴えるからである。軽井沢を舞台にすれば、煙る山、流れる霧、岩を打つ瀬音、舞う蝶、草むらの虫と、いにしえの時代から日本文学が愛でてきた言葉を無理なく入れることができる。言葉に宿る文学の力を恃むことができるのである。

二つには、軽井沢と「恋愛」との繋がりがある。日本文学の中で軽井沢という地名は、西洋の文芸から輸入された、「恋愛」と深くかかわってきた。一西洋人によって発見された聖地なのだから当然である。

三つには——そして私にとって一番重要なのは、軽井沢において、様々な社会階層が、まさに日本の近代史を凝縮した形で跡を残しているという点がある。

実際、軽井沢に親しめば親しむほど、軽井沢の歴史が目の前に地霊のように立ち上がる。それは、様々な社会階層の人たちが軽井沢を自分のものとしていった歴史であり、そして、それは、即、日本の近代史でもある。そこには西洋人の真似をして軽井沢を避暑地と定めた人たち——今は消えた、爵位のつくような人たちがいる。続いて「古き良き時代」の中産階級がいる。戦後に急増した上級サラリーマンも、近年に入っての成金もいる。大衆化に伴う観光者もいる。それに加えて地元の人たちがいる。その地元の人たちの生活が、避暑にくる人たちの生活と大差がなくなっていった過程こそ、近代日本が辿った軌道そのものである。

『本格小説』では、恋愛と同時に、戦後五十年の日本の変容を描きたいと思っていた。今ここにないものを指し示すのが文学であり、今や消えつつある日本を指し示すのに、軽井沢以上の地はない。軽井沢という特殊な地がこの世に存在するのは、私にとって歴史の恩寵であった。

「読売文学賞」受賞スピーチ

水村美苗です。

『本格小説』は、わたしの三冊目の小説で、初めての恋愛小説です。語り手が次から次へと変わり、いったいこの物語はどこへ行くのだろうと思ううちに、いつのまにか、恋愛の真っ直中に引き込まれている——とそんな風に作られています。日本の戦後五十年の歩みに重ねられた、恋愛小説でもあります。

わたしは昔から自分は恋愛小説は書くまいと思っていました。恋愛小説はすでにあまりにも繰り返され、陳腐なものとなってしまった。また、今の日本語も、日本の現実も、恋愛小説を書くには、浅く平坦になり過ぎてしまった——とそう考えていたのです。

ところが、自分では意識もしていなかった深いところで、愛の物語を綴ってみたいという欲望があったのに違いありません。だからこそ、「奇跡」が訪れたのだと思います。

『本格小説』を書き始めたときは、今さら自分がこんなことを書いて何の意味があるのかと、懐疑的でした。ところが、書き進むうちにそんな気持は消えてしまったのです。そして、いつのまにか、自分はまさにこの小説を書くためにこの世に送り出されてきた、と、そんな大げさな気さえしてきたのです。本文の中では『本格小説』を書く困難を強調していますが、実はこの小説は大いなる歓びの中に書かれた小説です。

日本語で「生かされている」という表現があります。人は自分の力で「生きている」のではなく、自分の外にあるさまざまな力に助けられて「生かされている」ということです。わたしはこの言葉に抵抗を感じます。人が「生かされている」のは真実です。でも誰かがそう言うとき、その背後にはしばしばお説教めいたものがあるからです。自分の力を信じず、謙虚であれ――と謙虚であるのを、強いるものがこの言葉にはあるからです。

ところが『本格小説』を書き進むうちのことです。私は、自分が小説を「書いている」のではなく、自分の外にあるものに「書かされている」という気がしてきたのです。ただそこには謙虚な気持はありませんでした。正直に言えば、私は傲慢ともいえる気持、そこいらをぴょんぴょんと跳ね回りたいような気持で、「書かされている」と思ったのです。

小説はもちろん小説家が自分の力で書くものです。筋の運びを考え、文章が読みやすいよう工夫を凝らしたりするのは、すべて小説家自身の力によるものです。でもその一方で、不安やら絶望やら気力の枯渇やら、小説家の力ではどうにもならないものが小説を書く作業を左右します。そして『本格小説』を書いているあいだ中、まさにその部分で、自分を超えたものに「書かされている」という気がしていたのです。この世も、自分も超えた時間が流れ、その流れの中で「書かされている」という気がしていたのです。過去の小説家のすべてにこのような時間が流れることがあったとは思えません。また、私にも二度とこのような時間が流れるとも思えません。ただ、今回の小説はそのような、月に憑かれた歓びと恵みの中で書かれたこと——それだけは読んで下さるかたにぜひ知っていただきたいと存じます。

韓国の読者のみなさまへ

『本格小説』の韓国語訳が出版されることになり、ほんとうに嬉しく思います。

この小説にも出てきますが、私は十二歳のとき、父親の仕事の都合で、家族とともにニューヨークに移り住みました。そのときにわかったことがあります。私自身がいくら自分は日本人だと思っていても、周りにいるアメリカ人にとっては、私が日本人であろうと、韓国人であろうと、中国人であろうと、そんなことはどうでもよかったということです。私たちはみんな黒髪で見分けがつかない顔をしている。みんな二本の細い棒を使ってお米を食べる。みんな昔は「漢字」という何やら入り組んだ文字で書いていた。要するに、アメリカ人にとって、私たちは、みんな、同じように不思議なことをする人たちでしかなかったのです。そして、そういう風に扱われていくうちに、私自身、韓国人や中国人に対して、日本にいたころは想像もつかなかった親しみを覚えるようになっていきました。

ことに韓国人の日本人との近さは、私自身にとっても、驚きでした。思えば、日本列島に一番近いお国なのですから、近くてあたりまえです。それも、顔や表情だけでなく、言葉までそっくりなような気がする。たとえば、マンハッタンのビルの谷間を歩いているとします。向こうからアジア人が三人ぐらい何やら話しながらやってくる。何人だろう。少女だった私は耳を澄まします。中国人なら話し声が聞こえたとたんにわかる。ところが、韓国人か日本人かは、話し声が聞こえてもわからない。ああやっぱり日本語だと思いつつ行き交うと、どうも理解できない。それで初めて韓国語だということがわかる。また、韓国語だと思いつつ行き交うと、あれっと、日本語なのに気がつく。そのような経験がアメリカにいる間中くり返しありました。

韓国語と日本語がこんなに似ているのも驚きでしたが、さらに驚いたのは、こんなに似ているのに、少しも言葉が通じないという事実です。言語学では、韓国語も日本語も孤立語で、互いに関係がないということになっていますが、私は未だに納得がいきません。それでいて、韓国語と日本語とがまったくちがう言葉なのを否定することはできない。その何よりもの証拠は、私の小説がこうして翻訳されずには、韓国の読者のみなさんに読んでもらえないということです。さらには、せっかく翻訳されても、残念ながら、私が一言も読むことができないということです。

『本格小説』の翻訳者、金春美さんは、以前、『手紙、栞を添えて』という、私の往復書簡集を翻訳して下さったかたです。読んで下さったかたがたが、口々に翻訳を誉めて下さいました。韓国語訳の『本格小説』が素晴らしい翻訳であるのを信じています。『本格小説』は恋愛小説であると同時に、戦後の日本社会がどう変化していったかを描いた小説です。十二歳で渡米してから二十年アメリカに住んでいた私は、日本に戻ってきたとき、あまりに様変わりしていた祖国を前に、衝撃を受けました。異国で夢みていた故郷は消えていたのです。そして、その衝撃を形にしたのが、『本格小説』です。

日本からは、貧乏な人の姿は消えていった。だが、それと同時に、農村の風景も消えていった、懐かしい物影や音や匂いも消えていった、こんな風にコンクリートだらけの国になってしまった。私は、『本格小説』が、外国語に翻訳されるとは想像だにしないまま、日本が戦後に辿ってきた道を、日本の読者に、今一度振り返ってもらいたいと思いました。死んでいった人々、姿を消していった数々の物、使われなくなっていった言葉などをたくさん盛り込み、ああ、ああいう時代もあったと、日本の読者に「時」が流れたのを悼んでほしいと思いました。翻訳の話が出てきたとき、このような小説を、外国の読者におもしろく読んでもらえるだろうかという疑問が浮かんでも、当然だったでしょう。

でも、こうして翻訳が出版される今、別の角度から物が見えてきたのです。今、世界中でその国の固有の形が、急速な近代化と資本主義の発展のなかで、どんどんと消えていっている。ことに、東アジア全体で、凄まじい勢いで消えていっている。そう考えると、韓国の読者のかたがたに、この小説を通じて、戦後の日本社会を知っていただけるだけでなく、どこかで同じような感慨をもっていただけるのではないかと思うのです。そして、欲張りですが、同時に、今消えつつある「時」を慈しんでいただけたらとも思うのです。小説というものは、消えていった「時」を悼み、そうすることによって、今消えつつある「時」を悼み、かつ慈しむのを可能にしてくれる言葉の芸術だと信じるからです。

翻訳者の金春美さんに深く感謝すると同時に、このような小説を読んで下さる韓国の読者のみなさまにも御礼を申しあげたく存じます。どうもありがとうございます。

恩着せがましい気持……

私はふだんは謙虚な小市民である。

小説を書くときも謙虚である。誰にも頼まれていないのに、自ら望んで書く。すると、編集者、校閲者、装丁者、そして、出版社、印刷会社、取次店、さらには、配本してくれるトラックの運転手さんや最終的に本を売ってくれる本屋の店員さんなどなど、多くの人の手を煩わして、自分の小説が読者の元に届く。深く感謝するのみである。養う妻子もいないのだから、誰のためでもない。自ら望んで書いているだけである。それなのに、かくも多くの人が私ごときの書いたもののために動いてくれる。経済の流れの中での出版業とはそういうものだと分かっていても、つくづくありがたいことだと思う。

ところが、今度出版された『日本語が亡びるとき――英語の世紀の中で』を書いているときは、最初から謙虚な気持をもっていなかった。『日本語が亡びるとき——英語の世紀の中で』は、小説ではなく、エッセーのような評論のような本である。だが、最初から謙虚な気持をもっていなかったのは、そのせいではない。それは、この本が「憂国の書」だからにほかならない。

憂国の士たちは、自らのために動いているわけではない。世のため人のためと思って、動いている。私もこの本は、我が国、我が同胞、そして我らが言葉、日本語のためと思って、書いたのである。

海に囲まれた島国に住み、〈自分たちの言葉〉が亡びるかもしれないなどという危機感をもつ必要もなく連綿と生きてきた日本人。それが今、英語という〈普遍語〉がインターネットを通じ、山越え海越え、世界中を自在に飛び交う時代に突入した。二十一世紀、英語圏以外のすべての国民は、〈自分たちの言葉〉が、〈国語〉から〈現地語〉へと転落してゆく危機にさらされている。それなのに日本人は、文部科学省も含め、「もっと英語を」の大合唱の中に生きているだけである。

この日本語が亡びてしまったらどうするか。百年後も〈話し言葉〉としての日本語はもちろん、〈書き言葉〉としての日本語も残るであろう。だが、真に〈叡智を求める人〉たちが、日本語で読み書きしなくなったらいったいどうするのか——と、私の「憂国の書」は問いかける。

小さい頃から小説しか読んでこなかった人間である。お金がなくて大学に行けなかった人のことを思うと口にしにくい言葉だが、大学なんぞには行きたくなかった。まわりの女の子と同様、ふわふわした服を着たバレリーナ、女優さん、歌姫が羨ましかった。少し社会意識が目覚めると、感心に、アフリカの奥地の看護婦になる可能性も胸をよぎった。長じて女らしくなると、よこしまな夢も芽生えてきた。金持の妾になるという夢で、主の居ぬまは、日がな寝ころんで小説を読めるからである。しかも、小洒落た家で、綺麗な衣を身に纏って。

そんな人間が苦手な調べ物をしながら書いた「憂国の書」である。

書いているあいだ中、どうして、このような本を、この自分が書いているのかという疑問に取り憑かれ続けた。汗牛充棟もただならぬ書を読んだ賢哲こそ書くべき本ではないか。そういう人が書いてくれないから、世のため人のためを思って、こんなに苦労をしているのよ！

恩着せがましい気持をもった人間ほどうっとうしい存在はいない。あんたのためにこういう苦労した、と言う母親。あなたのためにああいう苦労した、と言う恋人。母親でも恋人でも、こういう気持をもって攻めてこられると、ひたすら逃げたくなる——のはよく分かる。よく分かりつつ、どうしても恩着せがましい気持から自由になれなかった。悪夢から解放されるように「憂国の書」から解放され、元通りの謙虚な小市民にようやく戻りつつある今日このごろである。

女だてらに

十一月の初めに久しぶりに本を出した。

私は小説家だが、今度出したのは小説ではない。『日本語が亡びるとき――英語の世紀の中で』という大げさな題の、やや学問的な、評論に近い本である。この本は、夏に死んだ母の記憶と切り離せない。

病院から電話があったのは、五年間かけて書き上げた原稿を出版社に送った翌日であった。その次の日の夜、母は死んだ。誤嚥(ごえん)性肺炎であった。病室で母の死を待っていた十数時間、この本をついに書き終えたこと、あの母が現に死につつあることが信じがたかった。

数年来体調を崩し、文字通り、体力気力を振り絞りながら書いた本である。「憂国の書」であり、最初の志は「維新の志士」の如く雄々しかったが、書き進むにつれ自信を失っていった。小説とちがい資料を調べる。議論が難しくなる。頭が混乱する。自分がこんな本を書く意味があるか、そもそも書き終えられるかが疑わしくなった。

そこへ、老いた母が日ごとに、確実に、重たくのしかかってきた。

母と同居はしていなかった。しかも、介護保険という世にも有り難い制度のおかげで、掃除、食料品の買物、ベッドのシーツの替えなどは、人の手を借りることができた。だが、母の名状しがたいわがままは老いても衰えることはない。

人生が与えうる快楽に貪欲な人間――と言ってしまえばそれまでだが、そのような言葉では言い表せない、あたりを呑みこみ尽くす異様な自我の強さで多くを望んだ。

母は弱者を切り捨て人生を切り開いてきた。だが、老いて自分が弱者になった時、私に捨てられないよう用心深くなっただけではない。杖をついた老女に可能な楽しみを娘を通じて追おうとした。母が老いるに従い、私に残された体力気力は母の楽しみのために吸い取られていった。本はいよいよ進まなかった。所詮老女の楽しみである。母が私に頼むことなど羅列すれば大したことではない。「デパ地下」で好物を買う。圧迫骨折でもって変形した体型でも着られる「お洒落で上等な」服を探す。本を選ぶ。映画を借りる。

だが母の欲求の背後には欲望することへの飽くなき欲望とでもいうべき強烈なものがあった。母はくる日もくる日も何かを頼んだ。その執拗さが私を疲れさせた。

「あれで本当に日本人だろうか」

自分の親なのに理解できなかった。彼女は実はアメリカ人なのではないか……。母をよく知る人たちは皆似た驚きをもって母を見ていた。

そんな母だからこそ、昔の日本の女らしいところがあると、かえってほっとした。細々とした裁縫道具。面倒な季節の衣の入れ替え。そして娘への時代がかった説教。美貌自慢の母である。

お金がなくなり、小さな一部屋のマンションに住んでいたが、その中心にある小さな四角いテーブルの向こうから私の顔をまじまじと見て言う。

「あんた、少しはお化粧ぐらいしなさいよ」

「ママんとこに来るのに、いちいちしていられないでしょう」

人に会うときは化粧をするが、母の所へ行く時にまでする気はない。母は私の顔を見続けている。なんてまずい顔をしてるんだろう、可哀想に、父親に似ちゃって。そう思っているのが手に取るようにわかる。母は別の角度から攻めてくる。

「お化粧は肌にいいのよ」

「まさかぁ」

昔風の母は化粧をするのを「女のたしなみ」としており、朝起きてから寝る直前まで素顔を見せることがなかった。

一番おかしいのは私の書いたものに対する感想である。母は私の小説は嫌いではなかった。「あんなもん書いて、お利口ちゃんね」。母らしき登場人物があまりよく描かれていないのにも、感心に、文句を言わない。

ところが、私のエッセーにかんしては少し不満であった。軽いものを書くと喜んだが、論文調のものを書くと「なんだかよくわかんなかったわ」と言う。そこで止まればよいのに、自分よりも高い教育を受けた五十女への、やや遠慮がちのお説教が続く。「あんたは女の子なんだから、あんな難しいものを書くのはやめなさいよ」。

そしてとどめの一言。

「女だてらにあんなもんを書いて」

こう言う時の母には少しも腹が立たなかった。

『日本語が亡びるとき』は、入院した母を見舞いつつ、ついになんとか書き終えた。全七章の本で、母が死んでまもなく、最初の三章が文芸雑誌に発表された。すると私の書いたものとしては、反応が意外に大きい。

幸い当人の耳に届くのは褒め言葉ばかりである。編集者も、私の小説など読んだこともない人も褒めてくれる。しかも概ね男である。私は褒められて晴れがましかったが、どこか不満でもあった。どこが不満なのか、ある日、気がついた。今の時代、口が裂けても言えない「女だてらに」と誰も言ってくれなかったのである。

台詞なのかもしれない。そんな台詞を期待していること自体私の甘えなのかもしれない。だが、自分がこんなものを書いて何の意味があるのだろうという謙虚な疑いを何年も抱きつつ書いた本である。その底には、女の自分が、という疑いがあった。

本から解放された秋は、母から初めて永遠に解放された秋となった。

母を懐かしいと思える日はまだ遠い。ただ、母なら本を手にして「女だてらに」と言っただろうと思う。今は是が非でも聞きたい台詞である。

Ⅳ 人と仕事のめぐりあわせ

作家を知るということ

ある作家をほんとうに知る。それはその作家を個人的に知ることではない。その作家が書いた作品を知るということである。そもそも作家というのは、自分を個人的には知らない読者に向けて書くのであり、その作品はそのような読者のためにのみ存在する。では、作家を個人的に知るということは、どんな意味をもつのだろうか？　それはその作家をよりよく知ることとつながるのだろうか？　あるいは、よりよく知ることとは何の関係もないのだろうか？

この問いに答えてくれるのが、プルーストの『失われた時を求めて』に出てくる一つの逸話である。少年の主人公はある夏、海辺の避暑地でヴィルパリジス侯爵夫人という、祖母の友である老婦人と出会う。夫人は、娘時代に、今はすでに伝説の一部となった作家をたくさん個人的に知っていた。夫人の父親が始終晩餐会を開き、さまざまな作家を家に招いていたからである。主人公が驚くのは、そのような作家に対する侯爵夫人の評価である。夫人は何よりもまず晩餐会の客として彼らを評価する。その結果、夫人の作家の評価は、まったくまとはずれなものとなってしまっているのである。スタンダールは「ひどい俗人」として片づけられ、もう今では誰も読まないような作家が高く評価される。

しかも夫人は主人公に向かって断言する。

「私にはその人達のことを話す資格があると思うのですよ、だってその人達はみんな私の父の家にいらしたのですから。……その人達に親しく接し、その人達の真価をより正確に判断できたものの言葉を信じなくてはなりませんわ。」

この逸話が指し示すのは、作家を個人的に知るという事実に内在するイロニーにほかならない。作家を個人的に知るというのは、その作家をほんとうに知ることと無関係だというだけではない。無関係だというだけでなく、大いなる妨げとなるものなのである。すなわち、ある作家の最高の読者でありたければ、その作家を個人的に知るべきではない。

さて、私は加藤周一という作家の最低の読者である。加藤さんは気がついたとき私の人生に登場していた。それどころか、この場を借りて告白すれば、その作品にふれるまえに登場していた。つまり私は、作家としての加藤さんをほんとうに知る可能性を最初から奪われていたのである。しかも、年月が流れ、人間としての加藤さんを知るのが深まるにつれ、作家としての加藤さんを知るのがいよいよ困難になっていった。この事実を無視し、ここで一読者として加藤周一の作品について語るのはいかにも後ろめたい。そこでここでは、なぜ私が加藤さんのよい読者たりえないのか——なぜ、いよいよ読者たりえなくなっていったかを、お話ししたいと思う。

私はサラリーマンの娘である。子供のころから小説は好きで読んでいたが、印刷された文字の向こう側にいる人は、自分とは遠く離れた存在でしかなかった。そしてそれは、両親に連れられてアメリカに行ってからも同様であった。いや、印刷された文字の向こう側にいる人は、より遠くなってしまったと言えよう。英語になじめず日本の古い小説ばかり読んでいたせいで、印刷された文字の向こう側にいるのは、太平洋を隔てているだけでなく、すでに墓の下に眠る人たちであった。

大学というものは結構なものである。そんな私も大学にあがったとたん、ものを書いて出版するのが日常であるという人たちを一挙に眼にするようになった。のみならず、日本語でものを書いて出版するのが日常である人にすらも、会うことができた。それが加藤周一さんであった。私がイェール大学の学部生のときに、たまたま二年間教えにいらしていたのである。初めてこの眼で見た、日本語でものを書いて出版する人であった。

セミナーは加藤さんのアパートで開かれることになり、私たち少数の学生はおずおずとお目見えに参上した。加藤さんはトレードマークの黒いタートルネック姿でソファに坐っておられた。かくも秀でた額を日本人の顔に見いだしたのは初めてであった。私は驚愕した。その秀でた額の下にぎろりとしたまなこがある。そのぎろりとしたまなこを私に向けて、「仏文ですか？」と訊いた。「はい、一応仏文です。でも作家としてはドストエフスキーが一番好きです」と私は答えた。意味のないこの答えが記憶に残っているのは、余計なことを言ったと、言ったとたんに恥じ入ったからである。加藤さんは「ほう」と一言で応じられた。私はますます恥じ入った。

それが出会いであった。一度、三度お目にかかるうちに、私はいちいち自分を恥じ入ることもなくなった。そしてそれから二年にわたって、定期的に加藤さんにお目にかかることになったのである。それは教室でのこともあれば、どちらかのアパートの一室でのこともあった。また、料理屋でのこともあった。美術館でのこともあった。そして私は、「最良の時間」を生きるということがどういうことかを、理解していったのである。

「最良の時間」とはどんな時間か。

たとえば私は他の学生とともに地下にある小さい教室にいる。窓もない部屋である。天井には蛍光灯が殺風景に灯っている。そこにはどうでもいいような時間が流れている。ところが、その部屋に加藤さんが登場する。すると、その瞬間から、まったくちがった時間が流れ出すのである。その変化をいったいどう形容すべきだろう。いかに贅をつくした空間でいかにおいしい料理を食べていようと、つまらぬ話を聞かされるのは、空疎である。物質的な喜びは精神的な喜びの欠落を埋めることはできない。それに反して、精神的な喜びは、いともやすやすと物質的な喜びの欠落を埋めつくすのである。加藤さんが話し始めるや否や、何もない教室の隅々まで、人類が数千年かけて積み上げてきた最良のものがぎっしりとつまり、美しい色と形を見せ、えもいわれぬ音楽を奏でて、踊り出すのである。

こんなにおもしろい時間が流れうるのだろうか——と、私は思う。その頭脳明晰。その博識。だが、それだけではない。このような時間が流れるのを可能にしているのは、たんなる知性よりも一段上の、精神の働きである。それは志の高い精神の働きなのである。

何が「真実」であるか。

何が「正しい」か。

この二つをぜひ知ろうとする精神である。自分という人間を離れて世の中を知ろうとし、かつ、自分が人間としていかにその世の中と関わるべきかを知ろうとする精神である。そして、この志の高い精神こそが、人類が過去に生み出してきた同じように志の高い精神を、洋の東西を問わず、かくも生き生きと眼のまえに描き出すことができるのである。ジョットー、中江兆民、法然、白楽天、フラ・アンジェリコ、俵屋宗達、モーツァルト、パスカル、バウハウス、陶淵明、富永仲基、武満徹——人類の遺産が、私のようなものにこれほど身近く感じられたことはない。私は自分が生きたこの「最良の時間」と切り離して、加藤周一を読むことはできない。

そして根底にはその人格がある。

たとえばこんなことがあった。

夏休みとなり、私はパリに遊びに行った。当時ニューヨーク・パリ間は、学割で往復すれば只同然だったのである。加藤さんも夏休みと同時にパリにいらっしゃり、そのときは、すでにパリ経由で日本に発たれたところであった。パリには加藤さんと親しいアメリカ人の青年が残っていた。ある日、私はその青年に誘われてパリのはずれまで行った。加藤さんの長年の友人だという、パリ在住の日本人の絵描きとその奥さんを訪ねたのである。

大きな窓から夏の乾いた光が燦々（さんさん）とさしこむ、気持のいい部屋であった。でも一部屋だけである。家具らしい家具もない。壁にはキャンバスがいくつも重なって立てかけてある。イーゼルの上にも描きかけの絵があって、初老の日本の男の人がその前に立っていた。

奥さんは青年と私をうながして散歩に出ると、白い壁づたいの埃っぽい道を歩きながら言った。部屋が一つしかないので、毎日、夫が絵を描いている間はこうして何時間でも近所をぐるぐる散歩するのだそうである。もう何十年もそんな生活をしているということであった。私たち三人は夏の太陽のもとでぐるぐる散歩してから、アパートに戻った。

私がこの午後を一枚の美しい絵のように記憶しているのは、その奥さんの美しい人生のせいだけではない。ここに来るまえにアメリカ人の青年から聞いた話があったからである。

それは、加藤さんがドイツに住んでいらしたころの話であった。絵描きのご夫婦は当時は貧乏のどんぞこにいた。折々パリに出てくる加藤さんは、二人の困窮を知っていた。同時に、現金を送っても、即、絵の具代に消えてしまう恐れがあるのも知っていた。そこで、何があっても二人が飢え死にすることだけはないよう、来る年も来る年も、週に一度、紙にくるまれたパンを郵便で送り続けたというのである。一度限りの親切というのは誰にでもできる。持続した親切というのは誰にでもできるものではない。

ふだんから加藤さんを敬愛するそのアメリカ人の青年は、感に堪えない声で私にその話をした。彼自身、先日、ご夫婦からその話を聞いたところだったのである。ご夫婦を彼に紹介して日本に発った加藤さんからは、もちろんそんな話は一言も聞いていない。

私が加藤周一の最低の読者でしかありえないのは、こんな加藤さんさえも知ってしまったからである。しかもそのあと、私はさらに深く人間としての加藤さんを知るようになったのである。日本に帰り、日本のもの書きというものを知ったからであった。

思えば、アメリカで初めてお目にかかったころ、私は人間としての加藤さんのほんとうの価値がわからなかった。当時の私は加藤さんを以て日本の「知識人」の代表としていたのである。世の中には上等な人間から下等な人間まで幅広く存在するという事実——その事実がまざまざと見えてくるには私は若過ぎた。そのうえ、日本のもの書きというものを知らなさ過ぎた。人間としての加藤さんをほんとうに知ることがなかったのである。

私はそれから十年近くの歳月がたってから日本に帰った。そして日本のもの書きというものを知ることになった。彼らのうちの多くの志の低さを知ることになった。「真実」を知ろうとするよりも、「正しく」あろうとするよりも、おのれの名を売ろうと汲々とし、流行に身をゆだねるのを恥とするよりも栄誉とし、酒の席のみならず文章の上でも、仲間に媚び、他を誹謗するを得意とす。それが私の見た日本のもの書きの姿であった。

作家としての加藤周一をほんとうに知るのは、今やまったく不可能である。

さて、この『加藤周一セレクション2』に収められているのは、後白河法皇から始まり、一休、世阿弥、白石、福沢諭吉、鷗外、漱石、龍之介、丸山真男など、古くは平安時代から新しくは今にいたるまでの、日本の文学者や思想家に関する考察である。驚くべきは、彼らの精神の軌道が、いかに生き生きと描き出されているかである。たとえば約九百年昔の日本に皇子として生まれ、波乱の世に最高権力者の座を保った後白河法皇。同じ日本人としてかくも我々から遠い、あの後白河法皇の今様に対する異常な思い入れですら、それがまるで手にとるように身近に感じられる。加藤周一の精神が、自分と同じ精神の持主として彼らをとらえ、自分のもののように彼らの芸術や知識や改革への情熱を生きるからである。少なくとも、あの「最良の時間」を知った私にとっては、そのようにしか読めないのである。

「個」の死と、「種」の絶滅
——加藤周一を悼んで

加藤周一と一緒にいると、どこか西洋人と一緒にいるような気がした。たとえば、扉の前に来ると扉を開け、私を先に通してくれる。老いるにつれ、秀でた額はさらに秀で、大きな頭を載せた身体は枯れに枯れ、背は曲がり、杖をつき、『寒山拾得図』の東洋の賢人さながらの風貌を備えていった。だがどこか西洋人と一緒にいるような印象は変わらなかった。話していてもそうである。

美苗さん、それはですねえ、と前置きしてから、言いたいことを、一つには、二つには、と頭を使う快感を満面に、数え挙げ始める。数え方は不思議なことに英語だったり、フランス語だったりもしたが、当然、日本語のことが多い。日本語での話を聞きながらも、微かに西洋の匂いがしたのは、そのように、一つには、二つには、と数え挙げながら話すのは西洋の知識人の特徴だからである。先人に対する一番の敬意の表し方は先人を模倣することにある。私はここで数を数え挙げながら、加藤周一について書こうと思う。

加藤周一が死んだという事実から、この先の日本について何が言えるであろうか。

一つには、近代日本の知識人の貴重な一つの「種」がついに絶滅したということである。戦前の旧制高校の教育を受けた加藤周一は、真の教養人たるために、当時のヨーロッパの教養人に倣い、仏語、独語、英語の三カ国語を学んだ。しかもそれ以前に、『羊の歌』にあるように、小学校の頃から父親に漢文を学んでいた。加藤周一について書くとき、まずこの事実を指摘せずには何も書けない。西洋語の多重言語者でありながら、漢文も読める知識人は、もうこれからの日本には多分現れないであろう。漢書も視野に入れた『日本文学史序説』は、後にきた人間にはまず書けない。近代日本の一つの時代が、加藤周一という人間を創り、彼の死と共に死んだ。

二つには、それでも、加藤周一のような優秀な頭脳をもった人間は、この先も日本に生まれるだろうということである。少子化する一方の日本だが、まだ年間百万人以上の新生児が生まれている。それだけの数の人間が生まれれば、確率的には、加藤周一のような、彼を知る誰もが驚嘆する頭脳をもつ人間が、今世紀も最低何人かは生まれるであろう。

三つには、それでいて、そのような日本人が、この先、真剣に日本語で読み書きするかが危うくなりつつあるということである。

私はつい最近『日本語が亡びるとき――英語の世紀の中で』という本を出した。その中に、〈叡智を求める人〉という概念がある。〈叡智を求める人〉とは、その時代に人類が知り得ること全てを知りたく思う人である。言うまでもないが、私は〈叡智を求める人〉ではない。それは自意識とは別の、たんなる事実である。〈叡智を求める人〉の本棚には百科全書的に、自然科学の書も、歴史書も、宗教書も、哲学書も、美術書もあるが、私の本棚にはボロボロになるまで読んだ少女小説から始まって、さまざまな小説が並び、知識に通じる書などはまばらにしかない。

加藤周一こそ、正真正銘の、〈叡智を求める人〉であった。

問題は、加藤周一のような人が、この先、日本語とどう関わってゆくかである。

研究医として血液学を専門とした加藤周一は、戦後パリのパスツール研究所に留学した。科学者としてすでに傑出していたがゆえの留学であろう。彼は私に語った。科学の道を進まなかったのは、日本に帰っても、研究環境が整っていなかったからだと。だから批評家になったのだと。戦後の日本の貧しさを考えれば当然のことである。だがその時、彼も私も気づいていなかったのは、その貧しい日本に、日本語で真剣に読み書きしたいと思わせる環境は整っていたという事実である。だから、加藤周一は日本語に帰ってきた。

日本の貧しさだけではなく、日本語の豊かさが彼に科学を捨てさせたのである。

今、加藤周一が生まれ、大人になり、研究医としてパスツール研究所に行ったとする。パスツール研究所はすでに英語で論文を出版しているから、彼は、フランス語で日常生活を送りながら、英語で読み書きすることになったであろう。日本の研究環境も進歩したがゆえ、彼はその後、日本に帰って研究を続けたかもしれない。あるいは外国で研究を続けたかもしれない。だが、どこで研究を続けようと、彼が科学者であり続けたら、英語で読み書きする人間になったことには変わらない。

英語の世紀に入った今、英語の世紀が続く今、私たちの日本語は、加藤周一のような人に、科学の道へ進まずに、そこへと帰っていきたいと思わせる言葉であり続けられるか。そこに自分の精神の跡を刻みつけたいと思わせる言葉、その土壌こそを豊潤なものにしたいと思わせる言葉であり続けられるか。

この問いを問わねばならないのは、今、すべての非英語圏の人間の宿命である。

辻邦生さんの「偲ぶ会」スピーチ

水村美苗です。

辻さんとは、朝日新聞で往復書簡を始めてからお亡くなりになるまでの三年半——短いおつきあいでした。でもその三年半は辻さんのご生涯の最後の三年半です。そしてその最後の三年半の間に、新聞紙面をとおして、勿体ないようなお便りを、それこそ何十年分もいただいたのです。光栄なことだと思っております。

さて、その往復書簡は、お互いに文章からの想像力だけで書こうということで、面識のないままで始まりました。でも、実は、私には辻さんにお目にかかりたくない、また別の理由がありました。

あまりにありきたりな表現になりますが、お目にかかって、生意気な女の人だと思われるのがいやだったのです。アメリカ人の女性というのは、世界中どこへ行っても煙たがられます。私はアメリカ人ではありませんが、それでも自己形成期にアメリカにいたという事実があります。ですから生意気だといって煙たがられるのではないかと、日本の男の人たちを前にすると、いつもそれを恐れるのです。別の言い方をすれば、日本の男の人たちを信用していない。いくら物わかりのいいことを言っても、腹の底では女の人のことを軽んじているにちがいない、とそう思っているのです。また、それが偏見だとは言い切れないような現実が日本の社会にはあります。

ところが、最初に朝日に載った辻さんのお返事は、まったく予想外のものでした。いったいどうして、こんなに女の人の精神に、信頼を寄せているのだろう。自分の眼を疑うような思いでした。でも人生には偶然というものがある。このお返事も偶然かもしれない。一回で物事を判断してはいけない――と、そのときは、自分にいい聞かせました。ところが、次のお返事も、次のお返事も、そのまた次のお返事も、同じように惜しみのないものでした。私が何か申しますと、ひたすら感心して下さる。いや、感服して下さる。

女の人の感性、直感、寛容、勇気、忍耐力、などというものを信頼する男の人はいます。でも辻さんはそうではない。女の人の知性、想像力、倫理性などというもの――男の人がこれぞ自分の領域だと思っているものを、どこまでも信頼して下さるのです。そしてどこまでも惜しみなく感服して下さる。

連載が終わるころからは、生意気な女の人だと思われるのが怖いところから、あのような信頼にふさわしくないのが怖くて、お目にかかりたくないと思うようになりました。でも謎は残りました。なぜこの男の人は、女の人の精神に、かくも完璧な信頼を寄せているのだろう。

そしてその謎が解けたのは、ほんとうに少しづつでした。

連載も終わり、それから一年ほどしてお目にかかるようになり、さらに、『日経新聞』に毎週お書きになる自叙伝を読むようになり、そのうちに、だんだんと謎が解けて参りました。

奥さまの佐保子さんの存在の大きさをだんだんと知っていったのです。

辻さんは、ご自分とまったく同等――あるいは同等以上かもしれませんが――少なくともご自分とまったく同等の知性、想像力、倫理性をそなえた女の方と、半世紀にもわたってご一緒だった。半世紀にもわたって毎日毎日お話をしていらした。三度三度のお食事を共にしていらした。それがいかに辻さんをあのような世にも希な方にしていったか。

それが見えてきたのです。

そしてそのようなことが見えてきたときに、不意に、ほんとうに、不意に、お亡くなりになってしまいました。

私にはここで佐保子さんをお慰めできるような言葉はございません。ただ、辻さんのことを考えると、つくづくとお幸せな方だったと、それだけを思います。

世の中には、予定調和というものはありません。人はその人にふさわしい伴侶を得られるとは限らない。ふさわしい伴侶を得られるのは幸せなことだと思います。そのあとは五年の命でも三年の命でも幸せだと言えるほど、幸せなことだと思います。それが辻さんは半世紀ものあいだ、そのような伴侶と三度三度のお食事を共になさることができたのです。何というお幸せでしょう。

思い出すのは辻さんのお通夜です。

軽井沢の、もうそこからは、いくら見上げても木の枝と空しか見えない山の上の山荘で、夕方からのお通夜でした。お坊さまがお経をおあげになると、大きく開け放たれた窓から、木魚の音がポクポクと夕闇のせまる空に、遥かに、晴れやかに、のぼってゆきました。ああ、お幸せな方だったとつくづく思いました。

二カ月近くたちました今も、その思いは強くなる一方でございます。

どうもありがとうございました。

最後の最後の手紙

辻邦生様

その後お元気でいらっしゃいますか――という、ごくあたりまえのご挨拶からは、今やもうお手紙を始められない。その現実に何か実感が湧かないのです。朝日新聞の『手紙、栞を添えて』でお手紙を交わしていたころと同じような気持から抜けだせないのです。

『手紙、栞を添えて』が本になったのは一九九八年の初春。そして「透明なトンネル」の向こうへと旅立たれたのは翌年、一九九九年の夏の盛りでした。そしてその一年余の間に、永遠にお目にかからないつもりの辻さんに、とうとうお目にかかってしまいました。

それは軽井沢から三十分ぐらいの信濃追分にある、加藤周一さんと矢島翠さんの山荘でのことでした。やはり追分にある、私が友人と共有している山荘に、加藤さんからお電話があり、「美苗さん、実は、お見合いの話があるんですよ」と例のユーモラスな口調が耳に響いたのが始まりです。一瞬息がとまりましたが、もうすでに本も出たし、それに学生時代から敬愛申し上げている加藤周一さんの「お仲人口」です。矢島翠さんが手料理を作って下さっての「お見合い」に大人しく参上することとなりました。

出発前、全身鏡を前にあれやこれや着替えましたが、なぜかその日はふだん気に入らないジャラジャラした上下だけがまだ見られるように思え、眼をつむってそれを纏って出掛けたのです。もっと若く、もっと綺麗だったらという殊勝な娘心と、もういいやイ、と太々しく開き直った中年女の思いとを交互に胸に抱えて着くと、辻さんと奥様の佐保子さんがすでにソファに座っていらっしゃり、加藤さんがさっとシャンパンを抜いて下さいました。平たい古典的な形のシャンパングラスだったのですが、小振りのせいか、おもちゃのようで、大人が集まってみんなで「おままごと」なんぞでもしているような錯覚に陥ったのを今でもありありと思い出します。追分の夏の夜の空気と、辻さん佐保子さんお二人が醸し出す、なんともメルヘン的な雰囲気のせいだったのにちがいありません。

ご存じだったでしょうか。その晩、緊張していた私は大いに酔っぱらってしまったのです。例によって風邪を引いていて、背中に「ホカロン」を貼っていたのが余計にいけなかったらしい。ほろ酔い機嫌で頭をゆらゆらと振りつつお手洗いに立ったのはいいのですが、後ろ手で扉を閉めるなり脳貧血をおこして、しゃがみこんでしまいました。それからまたおすましして出てきたのです。

辻さんのお人柄がそのまま声となり口調となったお話の仕方でした。私がせかせかと品下れる話し方をしているのが自分でもわかり、恥ずかしい思いでした。辻さんが、野趣もあれば、油断できないところもあるのを、お書きになったものを通じてのちに知るようになりましたが、その晩は、想像していた通り、「典雅」という言葉に尽きる姿でいらっしゃいました。

そしてそれから一年後にはもう「透明なトンネル」の向こうへと旅立たれたのです。『手紙、栞を添えて』が単行本になるときにお書きになったエピローグは、何と予兆に満ちたものだったか。軽井沢で「本を読むのも書くのも諦めて、本当に朝から夕方まで、窓から森に埋まる谷を見て」いらっしゃる。すると風が森に「透明なトンネル」を穿つのが見える。そのとき、ふと、「実在の不壊を見ているのではないか」と思われる。「私は永遠を眼にすることによってこの世が終わるということ、私が死ぬということからごく自然に解放されていきました」

この、本当に最後のお手紙を認めるにあたって、エピローグを読み返しましたが、辻さんは旅立たれる前にすでに旅立たれていたのだという不思議な思いに打たれました。

お目にかかったとき辻さんはすでに旅立たれたあとだったからでしょうか。それとも辻さんがいつもおっしゃる、現実に対する想像力の優位ゆえのことでしょうか。ああしてお目にかかったというのに、実は、少しもお目にかかったような気がしないのです。ですから、今、お便りをしていても、もう現実世界にはいらっしゃらないこと自体が無意味に思え、連載中ずっと想像していた辻さん——不壊の辻さん宛てに書いています……。

最後に一言。

辻さんと往復書簡で交わすことのできた幸福については本の中で語りました。でも、最近、日本近代文学について色々考えるようになり、色々考えるうちに、その幸福を、より深く知るようになったと思います。明治、大正の古い日本近代文学ばかり読んで育った私にとって、小説家の原型とは、「デカンショ節」を歌う男の人たちだった。そして何と辻さんは、小説家として、まさにその系譜の最後の最後に連なるかただったのです。

一九二五年生まれの辻さんは敗戦を迎えたとき、ちょうど二十歳。すなわち、辻さんは日本の旧制高等学校を経験した最後の世代です。日本を超えた世界の眼で見た旧制高等学校の学生とは何か？　それは、西洋にはあらざる国におけるエリート予備軍にほかなりません。西洋の植民地となった国において、そのようなエリート予備軍に小説家の資質をもった人間がいたらどうなるか。彼らは宗主国に反発するのみならず、宗主国の文化に同化しようとする人たちにも反発せざるをえないでしょう。宗主国の言葉で書くか、自分の言葉で書くかはわかりませんが、いくら自分の国の「遅れ」を意識しようと、素直にヨーロッパ文明から学びたい――「ヨーロッパ人になりたい」とは思えなかったでしょう。

ところが、ヨーロッパの植民地となる運命を避けた日本では、小説家となる資質をもった人間が反発すべき特定の宗主国もなく、素直にヨーロッパ文明から学びたいと思うことができた。ヨーロッパのさまざまな言葉を理解し、ヨーロッパ文明を深く知れば知るほど、普遍的な価値への意志と多様な価値への寛容とを併せ持った（と少なくとも当時は信じることができた）、ヨーロッパ精神とでも言うべきものへの飽くなき憧憬をつのらせることができたのです。ニーチェが自分は「ドイツ人ではなくヨーロッパ人である」と言いましたが、そのような意味で「ヨーロッパ人」たろうとすることができたのです。

そのほとんどの人たちは、ささくれ立った畳の上で寝起きしていたでしょう。でも頭の中にはヨーロッパ文明が生み出した最良の言葉を詰めこもうと刻苦勉励（こっくべんれい）していたのにちがいない。日本の古典にも深く関わった辻さんの頭の中には最良の日本語もぎっしり詰めこまれていたでしょうが、その日本語を心に呼び戻すときでさえ、意識的にヨーロッパ文明から学ぼうという姿勢があった。佐保子さんがお書きになっているこの全集の月報に、昔むかしお二人が「日曜日ごとにラテン語の勉強をかねて黙示録を読んでいた」という文章がありましたが、その微笑ましい図を頭に浮かべつつ、ヨーロッパ精神の神髄をつかもうと奥へ奥へと進んで行けば、そこへ行き着くのは必然だと思いました。「デカンショ節」を歌っていた旧制高等学校の学生とは「ヨーロッパ人たろうとしていた日本人」です。明治の時代に日本近代文学そのものを可能にしたヨーロッパ文明への飽くなき憧憬——そんなものが白々と霧散してしまった今、その系譜の最後の継承者でいらっしゃる辻さんと、書簡という形でお話をする巡り合わせになった。日本近代文学の歴史に意識して関わってゆこうとしている私にとって、それも天が与えてくれた大きな幸福の一つだったとお思いになりませんか。

くり返します。本当にありがとうございました。

あとがき

『日本語で読むということ』という題は編集者がつけた題である。

何年も前のことである。それまでに溜まったエッセイや評論を集めて本を出さないかという話がある編集者からあった。私は筆がのろく、小説を書いているあいだはほかの仕事ができず、そんなにたくさんのものが溜まっていた訳ではない。しかも、ほとんどが、断り切れず、泣く泣く引き受けたもので、恨みがましい記憶と結びついたものばかりである。ただ、歳月とは怖ろしいもので、あれこれ集めてみれば、一冊の本になるかもしれない文章が溜まっていた。

そのとき、私がつけた題が、『日本語で読む・日本語で書く』である。

このようなエッセイ・評論集を出すときは、書き下ろしの「巻頭エッセイ」なるものが必要だとその編集者はいう。若者ではなく、ベテランの編集者である。彼からそういわれれば、いわれた通り、従順に書くより仕方がない。私はしかたなしにその「巻頭エッセイ」なるものを書き始めたが、いつのまにかそれは本になるぐらいの長さになってしまった。しかも、進むにつれ新たな発見もあり、内容も複雑で大げさなものになってゆき、その内容を自分にも人様にもわかるように書くのに、さらに数年を要した。それが、昨年出版された『日本語が亡びるとき――英語の世紀の中で』である。気がつけばその数年のあいだに、また断り切れずに泣く泣く書いたエッセイや評論が自然に溜まっており、とても一冊では収まらなくなっていた。

それで『日本語で読む・日本語で書く』を二冊に分け、その編集者が題をつけた――『日本語で読むということ』『日本語で書くということ』。しばらく見ているうちに、身に余る立派な題に見えてきた。

「日本語で読む」ということにかんしていえば、私が日本語で読むようになったのは、十二歳のとき、父の仕事で、家族とともにニューヨークへ移り住んでからのことである。英語ばかりの世界に投げ入れられ、そのとき初めて私は日本語で読むようになったのであった。

『日本語で読むということ』はエッセイ風のものを多く収録した。思えば、乗り気がしないまま書き始めたのに、書いているうちに楽しくなったものばかりである。読みものとして楽しんで読んでいただけるのではないかと思っている。ただ、贅沢なお願いだと承知のうえだが、姉妹編の『日本語で書くということ』も合わせて読んでいただければ、小説家として、この上ない幸せである。小説家がエッセイや評論を書くのは、小説には収まりきれない世界——しかしその小説家の書く小説に、なんらかの固有性を与える世界があるからだが、私の場合、その世界は、姉妹編の方により色濃く出ているからである。

「鬼のマミヤ」と呼ばれているらしい実は穏和なその編集者、間宮幹彦氏に感謝する。

二〇〇九年三月

水村美苗

文庫版あとがき

最近急に欲張りになった。つい数年前まではいくらでも、人生、先があるように思っていたのに、人と生まれて老いればそんな虫のよい話はないのに突然気づいたからである。書くだけの体力や脳力が残されているうちに、これも書きたい、あれも書きたいという思いにつきまとわれる。なかでも連載を始めたばかりの今の小説が終わったら——いや、ほんとうは終わる前から書きたいぐらいなのが、『お稽古ごと太平記』という自分のお稽古ごと遍歴を辿る本だが、そもそもそんな本を書くことを思いついたのは、勘水先生という得がたい先生から昔むかし日本舞踊を習っていたからである。

その踊りのお師匠さんのことが常に頭にあるものだから、こうして「文庫版あとがき」を書くのにも、彼女の言った言葉がまず記憶によみがえってくる。

たしか八人部屋の病室の窓から三つ目のベッドに寝ておられたと思う。これがホスピスに入る前の最後の入院だったのか、それともその一つ前の入院だったのかは覚えていない。癌であった。髪を伸ばしていると介護してくれる人たちに余計な世話をかけると言い、それまでは首の後ろで丸めてお団子にしていた髪をぷつっと顎のあたりで揃えて切ってしまっていた。八十を過ぎても黒々とした髪だったので、病室の入り口からは少女が寝ているようにも見えた。

読書好きなのでお見舞いには家から本をもっていく。その日、何の本をもっていったかは判然としないが、読み終わったと言って渡された文庫本はよく覚えている。『日本語で読むということ』にもよく出てくる私の好きな作家、幸田文が書いた本で、初期のエッセイ集だった。

「若いですね。なんてったって若い。若い人の文章です」

私は啞然とした。

幸田文は私にとって常に「若い」という形容詞からはかけ離れた作家であった。まずは年からいって私の母よりもだいぶ上である。しかも書き始めたのが父親の幸田露伴が死んでからで、四十を超してからである。勘水先生がそうおっしゃったとき、私自身すでに四十を超していた。それにもかかわらず、幸田文を読み始めたのが早かったせいもあり、彼女は私のなかでは常に「老い」に近い作家であった。彼女の経験を元に書かれた『流れる』のなかで、主人公が「生理用品」を買いにいく場面があって驚いたぐらいであった。

そんな幸田文が「若い」とは……。

四十代の人が書いた文章が若いと感じられる日がこの私にくるだろうか？　そんな日がくるのは果たして喜ばしいことなのだろうか。病気ゆえに、この勘水先生をもってしても、理解力が衰え感性が鈍くなってしまったのだろうか。

このたび、筑摩書房が『日本語で読むということ』（以下『読むということ』）を文庫本にしてくれるという。本が売れないというこんなご時世にほんとうにありがたいことである。二〇〇九年、今からほぼ十三年前に出た本で、読みやすいエッセイをあちこちから集めたものである。一つだけぎりぎり三十代の最後のものが入っているが、あとは、私が四十代、五十代のときに書いた。

このあとがきを書くために読み直して驚いたのは、ああ、若い……という印象を私自身が受けたことである。「若いですね。なんてったって若い」と勘水先生の真似をして言いたいほどであった。どこが若いのだかはっきりとは言葉にできない全体的な印象である。私は一度に一つのことしかできないので、喜んで引き受けた原稿などはなかったはずなのに、なんだか楽しそうだし、いろいろと小まめに怒っているし、だいたい、まだまだ先があると思って書いている。実際に若かったころ私はとても馬鹿な人間だったので遅く書き始めてよかったと常日頃思っていた。ところが、いくら遅く書き始めたといっても、あのころはやはり若かったのだ。

昔の自分に久々に逢ったような気がした。

そんな印象を強めたのには、『読むということ』が出てしばらくしてから、それまでとまったくちがう作家生活に入ったのもあったのではないかと思う。

自分の書いたものが図らずも外国語に訳されるようになり、そのうちに英訳も出ることになったのである。私は英語を話すのは得意ではないが、ずっと読んできているので、英訳となれば目を通さずにはいられない。天は恵み深く、それを可能にしてくれたジュリエット・ウィンタース・カーペンター氏という優れた翻訳者と出逢うことができた。寛容な精神の持ち主で、彼女は自分の英訳を私が一緒に手直しするのを承知し、さらに、作家特有の私の偏執狂的な推敲癖にも根気よくつきあってくれることになった。以来、去年の春に四冊目の英訳が出るまでの十年近い年月、私はあれだけイヤだった英語を相手に多くの日を送るようになった。夢に英語の文章が出てきて、あ、あそこは別の形容詞のほうがいいのではないかなどと思って目が覚めたことが幾度あったことだろうか。英訳が出れば、たとえ売れなくとも、英語でインタビューを受けたり、英語で書いたりする機会も増え、英語圏に引きずりこまれていった。こんなことをしていていいのかという疑いは始終胸をよぎったが、人生というものはなかなか切り替えが利かないもので、私は六十代の大半を英語漬けになって過ごしてしまったのであった。

遠いところへと長旅に出て故郷に戻ってくれば、周りの風景はもちろん、いかに自分が変わってしまったのかがよくわかる。

最後に日本語の本が出たのは二〇一二年。それから約十年間、私は英語圏という遠いところへとトコトコと旅に出ていたようなものであった。去年の夏、ようやく日本語で小説を連載し始めたときには、私は「まだまだ先があると思って書いている」作家から「もう先があまりないと思って書いている」作家へと変わってしまっていたのである。それを『読むということ』を読み返すうちに痛感した。

今ならこうは書かない、今ならこんなことは書かない、と思うところはあったが、あえて手を入れなかった。距離を感じたからこそ過去は過去のまま残したほうがよいと思った。逆に、わずかだが、単行本ではわざわざ抜かした文章を今回元に戻すために挿入したりもした。

あのころに書いた文章が若いと感じられる日がきたことが果たして喜ばしいことなのかどうかはわからない。ただ、このたびの思いがけない「ちくま文庫」での出版は、あたかも私が故郷へと戻ってきた祝いの盃を筑摩書房があげてくれたような気がする。ここまでもってきてくださった編集者の小川宜裕氏、そして今回新しく担当してくださった窪拓哉氏、両氏に深く感謝をしている。

二〇二二年一月五日　　水村美苗

Ⅲ　私の本、母の本

『續明暗』のあとに　『ちくま』第235号　1990年10月号
『續明暗』——私なりの説明*　新潮文庫「あとがき」1993年10月25日
自作再訪——『續明暗』　『朝日新聞』2004年6月20日
『私小説 from left to right』について*
　『新刊ニュース』1995年11月号「近況」欄
灼熱のインドと雪夜のアメリカ　『新刊展望』1995年11月号「前書後書」欄
「野間文芸新人賞」受賞スピーチ*　1995年12月15日
祖母と母と私　『高台にある家』あとがき（ハルキ文庫）2001年3月18日
『本格小説』を書き終えて*　『新刊ニュース』2003年12月号「近況」欄
『本格小説』と軽井沢　『軽井沢高原文庫通信』53号　2003年11月15日
「読売文学賞」受賞スピーチ*　2003年2月21日
韓国の読者のみなさまへ　韓国語版『本格小説』序文　2008年9月8日
恩着せがましい気持……　『ちくま』2008年12月号
女だてらに　『日本経済新聞』2008年11月9日

Ⅳ　人と仕事のめぐりあわせ

作家を知るということ
　『加藤周一セレクション2』（平凡社ライブラリー）1999年8月15日
「個」の死と、「種」の絶滅——加藤周一を悼んで　『新潮』2009年2月号
辻邦生さんの「偲ぶ会」スピーチ　1999年9月24日
最後の最後の手紙　『辻邦生全集18』月報　2005年11月25日

＊印は、改題したもの、新たに題をつけたもの

『新潮』2005年11月号

昔こんな本が在った――松島トモ子『ニューヨークひとりぼっち』
『波』1997年8月号

何をやるのも一緒――辻佐保子『「たえず書く人」辻邦生と暮らして』
『中央公論』2008年7月号

「死んだ人」への思いの深さ――関川夏央『豪雨の前兆』*
文春文庫「解説」2004年2月10日

Ⅱ　深まる記憶

数学の天才　『数学セミナー』1987年8月号

美姉妹　『日本橋』2000年3月号「粋人有情」欄

「エリートサラリーマン」　『銀座百点』第585号　2003年8月1日

今ごろ、「寅さん」　『図書』2005年8月号

子供の未来　『群像』2004年3月号

街物語パリ　『朝日新聞』夕刊　1999年2月6、13、20、27日

至福の瞬間――ジョン・トラヴォルタ
『生活の絵本』Spring No.7　1999年3月10日「ワン・テーマ・エッセイ」欄

双子の家　『新潮』1998年6月号

翻訳物読まぬ米国人――NYの国際文学祭に招かれたけど……
『読売新聞』夕刊　2005年5月19日

日本の「発見」　『月刊国立劇場ニュース』No.310　1994年5月号

人間の規範　『世界文学のフロンティア5　私の謎』栞　1997年2月10日

あこがれを知る人　『朝日新聞』夕刊　2000年10月18日「一語一会」欄

第十一夜　『太陽』1994年8月号

漱石の脳　『図書』2007年8月号

使える漢字　『月刊Keidanren』2000年6月号「時の調べ」欄

中国から来たもの　『日本文化交流』No.614　1998年9月5日

私が知っている漢詩　『日中文化交流』No.701　2005年2月1日

ヨーガン・レール氏の洋服*　『新潮』1996年9月号

ラクソ・ランプ　『My Best Partner』（webマガジン）2005年9月

初出一覧

I　本を読む日々

「善意」と「善行」　『新潮』2008年1月号

パンよりも必要なもの——文学全集の愉しみ*　『ちくま』第240号　1991年3月号

美しく生きる——中勘助『銀の匙』*　『家庭画報』1995年9月号

ほとばしる凝縮された思い出——吉川英治『忘れ残りの記』　『赤旗』2004年8月1日「書架散策」欄

私が好きな『細雪』　『日本経済新聞』1999年10月24日

半歩遅れの読書術　『日本経済新聞』2004年2月1、8、15、22、29日

たくさんの着物に彩られ綴る女性の半生——幸田文『きもの』　『マリ・クレール』1993年5月号

「大作家」と「女流作家」　『幸田文の世界』1998年10月31日

「よい子」とのお別れ——『或る女』との出会い　『高原文庫』第23号　2008年7月20日

わたしはそれでもこの日本を愛せるか——キク・ヤマタ『マサコ／麗しき夫人』*　本の裏表紙　1999年8月5日

女は何をのぞんでいるのか——ジェーン・オースティン『高慢と偏見』　河出文庫「巻末エッセイ」1996年11月1日

Claire Tomalin『Jane Austen (A Life)』　『来たるべき作家たち——海外作家の仕事場1998』（新潮ムック）1998年

私の名作玉手箱——エミリー・ブロンテ『嵐が丘』　『Viola』No.1　1998年11月号

布の効用——バーネット『小公女』　『文藝春秋』11月臨時増刊号　2005年11月15日

言語の本質と「みなしごもの」　『yomyom』2008年7月号

私の「海外の長編小説ベスト10」　『考える人』2008年春号　2008年5月1日

ガートルード・スタインを翻訳するということ——『地球はまるい』

本書は二〇〇九年四月に筑摩書房より刊行されました。

増補 日本語が亡びるとき　水村美苗
明治以来豊かな近代文学を生み出してきた日本語が、いま、大きな岐路に立っている。我々にとって言語とは何なのか。第8回小林秀雄賞受賞作に大幅増補。

私小説 from left to right　水村美苗
12歳で渡米し滞在20年目を迎えた「美苗」。アメリカにも溶け込めず、今の日本にも違和感を覚え……。本邦初の横書きバイリンガル小説。

続 明暗　水村美苗
もし、あの『明暗』が書き継がれていたとしたら……。漱石の文体そのままに、気鋭の作家が挑んだ話題作。第41回芸術選奨文部大臣新人賞受賞。

ちくま日本文学（全40巻）　ちくま日本文学
小さな文庫の中にひとりひとりの作家の宇宙がつまっている。一人一巻、全四十巻。何度読んでも古びない作品と出逢う、手のひらサイズの文学全集。

夏目漱石全集（全10巻）　夏目漱石
時間を超えて読みつがれる最大の国民文学を、10冊に集成して贈る画期的な文庫版全集。全小説及び小品、評論に詳細な注・解説を付す。

芥川龍之介全集（全8巻）　芥川龍之介
確かな不安を漠然とした希望の中に生きた芥川の全貌。名手の名をほしいままにした短篇から、日記、随筆、紀行文までを収める。

宮沢賢治全集（全10巻）　宮沢賢治
『春と修羅』、『注文の多い料理店』はじめ、賢治の全作品及び異稿を、綿密な校訂と定評ある本文によって贈る話題の文庫版全集。書簡など2巻増巻。

太宰治全集（全10巻）　太宰治
第一創作集『晩年』から太宰文学の総結算ともいえる『人間失格』、さらに『もの思う葦』ほか随想集も含め、清新な装幀でおくる待望の文庫版全集。

中島敦全集（全3巻）　中島敦
昭和十七年、一筋の光のように登場し、二冊の作品集を残してまたたく間に逝った中島敦——その代表作から書簡までを収め、詳細小口注を付す。

梶井基次郎全集（全1巻）　梶井基次郎
「檸檬」「泥濘」「桜の樹の下には」「交尾」をはじめ、習作・遺稿を全て収録し、梶井文学の全貌を伝える。一巻に収めた初の文庫版全集。（高橋英夫）

小川洋子と読む
内田百閒アンソロジー　内田百閒　小川洋子編
「旅愁」「冥途」「旅順入城式」「サラサーテの盤」……今も不思議な光を放つ内田百閒の小説・随筆24篇を、百閒をこよなく愛する作家・小川洋子と共に。

山田風太郎明治小説全集（全14巻）　山田風太郎
これは事実なのか？　フィクションか？　歴史上の人物と虚構の人物が明治の東京を舞台に繰り広げる奇想天外な物語。かつ新時代の裏面史。

樋口一葉　小説集　樋口一葉　菅聡子編
一葉と歩く明治。作品を味わうと共に詳細な脚注・参考図版によって一葉の生きた明治を知ることのできる画期的な文庫版小説集。

尾崎翠集成（上）　尾崎翠　中野翠編
鮮烈な作品を残し、若き日に音信を絶った謎の作家・尾崎翠。この巻には代表作「第七官界彷徨」をはじめ初期短篇、詩、書簡、座談を収める。

尾崎翠集成（下）　尾崎翠　中野翠編
時間とともに新たな輝きを加えてゆく尾崎翠の文学世界。下巻には『アップルパイの午後』などの戯曲、映画評、初期の少女小説を収録する。

ギリシア悲劇（全4巻）
荒々しい神の正義、神意と人間性の調和、人間の激情と心理。三大悲劇詩人（アイスキュロス、ソポクレス、エウリピデス）の全作品を収録する。

ギリシア神話　串田孫一
ゼウスやエロス、プシュケやアプロディテなど、人間くさい神々をめぐる複雑なドラマを、わかりやすく綴った若い人たちへの入門書。

シェイクスピア全集（全33巻）　シェイクスピア　松岡和子訳
シェイクスピア劇、個人全訳の偉業！　第75回毎日出版文化賞（企画部門）、第69回菊池寛賞、第58回日本翻訳文化賞、２０２１年度朝日賞受賞。

バートン版
千夜一夜物語（全11巻）　大場正史訳　古沢岩美・絵
めくるめく愛と官能に彩られたアラビアの華麗な物語――奇想天外の面白さ、世界最大の奇書の名訳による決定版。鬼才・古沢岩美の甘美な挿絵付。

百人一首（日本の古典）　鈴木日出男
王朝和歌の精髄、百人一首を第一人者が易しく解説。現代語訳、鑑賞、作者紹介、語句・技法を見開きにコンパクトにまとめた最良の入門書。

高慢と偏見(上) ジェイン・オースティン 中野康司訳
互いの高慢さから偏見を抱いて反発しあう知的な二人がやがて真実の愛にめざめてゆく……絶妙な展開で深い感動をよぶ英国恋愛小説の名作の新訳。

高慢と偏見(下) ジェイン・オースティン 中野康司訳
互いの高慢からの偏見が解けはじめ、聡明な二人は急速に惹かれあってゆく……。あふれる笑いと絶妙の展開で読者を酔わせる英国恋愛小説の傑作。

エマ(上) ジェイン・オースティン 中野康司訳
美人で陽気な良家の子女エマは縁結びに乗り出すが、見当違いから十七歳のハリエットの恋を引き裂くことに……。オースティンの傑作を新訳で。

エマ(下) ジェイン・オースティン 中野康司訳
慎重と軽率、嫉妬と善意が相半ばする中、意外な結末がエマを待ち受ける。英国の平和な村を舞台にした笑いと涙の楽しいラブ・コメディー。

分別と多感 ジェイン・オースティン 中野康司訳
冷静な姉エリナーと、情熱的な妹マリアン。好対照をなす姉妹の結婚への道を描くオースティンの永遠の傑作。読みやすくなった新訳で初の文庫化。

説得 ジェイン・オースティン 中野康司訳
まわりの反対で婚約者と別れたアン。しかし八年後思いがけない再会が。繊細な恋心をしみじみと描くオースティン最晩年の傑作。読みやすい新訳。

ノーサンガー・アビー ジェイン・オースティン 中野康司訳
17歳の少女キャサリンは、ノーサンガー・アビーに招待されて有頂天。でも勘違いからハプニングが……。オースティンの初期作品、新訳&初の文庫化!

マンスフィールド・パーク ジェイン・オースティン 中野康司訳
伯母にいじめられながら育った内気なファニーはいつしかいとこのエドマンドに恋心を抱くが——。恋愛小説の達人オースティンの円熟期の作品。

ダブリンの人びと ジェイムズ・ジョイス 米本義孝訳
20世紀初頭、ダブリンに住む市民の平凡な日常をリアリズムに徹した手法で描いた短篇小説集。リズミカルで斬新な新訳。各章の関連地図と詳しい解説付。

荒涼館(全4巻) C・ディケンズ 青木雄造他訳
上流社会、政界、官界から底辺の貧民、浮浪者まで巻き込んだ因縁の訴訟事件。小説の面白さをすべて盛り込み壮大なスケールで描いた代表作。(青木雄造)

文読む月日(上) トルストイ 北御門二郎訳

一日一章、一年三六六章。古今東西の聖賢の名言・箴言を日々の心の糧となるよう、晩年のトルストイが心血を注いで集めた一大アンソロジー。

文読む月日(中) トルストイ 北御門二郎訳

キリスト・仏陀・孔子・老子・プラトン・ルソー……総勢一七〇名にものぼる聖賢の名言の数々はまさに「壮観」。中巻は6月から9月までを収録。

文読む月日(下) トルストイ 北御門二郎訳

「自分の作品は忘れられても、この本だけは残るに違いない」(トルストイ)。訳者渾身の「心訳」による「名言の森」完結篇。略年譜、索引付。

ニーベルンゲンの歌 前編 石川栄作訳

中世ドイツが成立し、その後の西洋文化・芸術面に多大な影響を与えた英雄叙事詩の新訳。読みやすい訳文を心がけ、丁寧な小口注を付す。

ニーベルンゲンの歌 後編 石川栄作訳

ジークフリート暗殺の復讐には、いかに多くの勇者たちの犠牲が必要とされたことか。古代ゲルマンの強靭な精神を謳い上げて物語は完結する。

ソーの舞踏会 バルザック 柏木隆雄訳

名門貴族の美しい末娘は、ソーの舞踏会で理想の男性と出会うが身分は謎だった……驕慢な娘の悲劇を描く表題作に、『夫婦財産契約』『禁治産』を収録。

オノリーヌ バルザック 大矢タカヤス訳

理想的な夫を突然捨てて出奔した若妻と、報われぬ愛を注ぎつづける夫の悲劇を語る名編『オノリーヌ』、『捨てられた女』『二重の家庭』を収録。

フラナリー・オコナー全短篇(上) フラナリー・オコナー 横山貞子訳

キリスト教を下敷きに、残酷さとユーモアのまじりあう独特の世界を描いた第一短篇集『善人はなかなかいない』を収録。個人全訳。(蜂飼耳)

フラナリー・オコナー全短篇(下) フラナリー・オコナー 横山貞子訳

短篇の名手、F・オコナーの個人訳による全短篇。死後刊行の第二短篇集『すべて上昇するものは一点に集まる』と年譜、文庫版あとがきを収録。

O・ヘンリー ニューヨーク小説集 青山南＋戸山翻訳農場訳

烈しく変貌した二十世紀初頭のニューヨークへタイムスリップ! まったく新しいO・ヘンリーの読み方。同時代の絵画・写真を多数掲載。(青山南)

アーサー王ロマンス　井村君江

アーサー王と円卓の騎士たちの謎に満ちた物語。戦いと愛と聖なるものを主題にくり広げられる一大英雄ロマンスの、エッセンスを集めた一冊。

グリム童話(上)　池内紀訳

「狼と七ひきの子やぎ」「ヘンゼルとグレーテル」「灰かぶり姫」「赤ずきん」「ブレーメンの音楽隊」、新訳「コルベス氏」等32篇。新鮮な名訳が魅力だ。

グリム童話(下)　池内紀訳

「いばら姫」「白雪姫」「水のみ百姓」「きつねと猫」などに「すすまみれ悪魔の弟」など新訳6篇を加え34篇を歯切れのよい名訳で贈る。

ケルト妖精物語　W・B・イエイツ編　井村君江編訳

群れなす妖精もいれば一人暮らしの妖精もいる。不思議な世界の住人達がいきいきと甦る。イエイツが贈るアイルランドの妖精譚の数々。

ケルトの薄明　W・B・イエイツ　井村君江訳

無限なものへの憧れ。ケルトの哀しみ。イエイツ自身が実際に見たり聞いたりした、妖しくも美しい話ばかり40篇。(訳し下ろし)

ケルトの神話　井村君江

古代ヨーロッパの先住民族ケルト人が伝え残した幻想的な神話の数々。目に見えない世界を信じ、妖精たちと交流するふしぎな民族の源をたどる。

別世界物語(全3巻・分売不可)　C・S・ルイス　中村妙子他訳

香気あふれる神学的SFファンタジー。マラカンドラ(沈黙の惑星を離れて)、ペレランドラ(金星への旅)、サルカンドラ(かの忌わしき砦)。

炎の戦士クーフリン／黄金の騎士フィン・マックール　ローズマリー・サトクリフ　灰島かり／金原瑞人／久慈美貴訳

神々と妖精が生きていた時代の物語。かつてエリンと言われた古アイルランドを舞台に、ケルト神話に名高いふたりの英雄譚を1冊に。(井辻朱美)

不思議の国のアリス　ルイス・キャロル　柳瀬尚紀訳

おなじみキャロルの傑作。子どもむけにおもねらず、ことば遊びを含んだ、透明感のある物語を原作の香気そのままに日本語に翻訳。(楠田枝里子)

オーランドー　ヴァージニア・ウルフ　杉山洋子訳

エリザベス女王お気に入りの美少年オーランドー、ある日目をさますと女になっていた――4世紀を駆ける万華鏡ファンタジー。(小谷真理)

夕陽妄語1（全3巻）　加藤周一

高い見識に裏打ちされた時評は時代を越えて普遍性を持つ。政治から文化まで、二〇世紀後半からの四半世紀を、加藤周一はどう見たか。（成田龍一）

夕陽妄語3　加藤周一

加藤周一は、死の直前まで時代を見つめ、鋭い知性と明晰な言葉でその意味を探り、展望を示し続けた。単行本未収録分を含む決定版。（小川和也）

夕陽妄語2　加藤周一

生きていることを十全に楽しみつつ、政権や国際政治には鋭い批判を加え、しかし、決して悲観的にはならない。代表作としての時評。（鷲巣力）

快楽としての読書 日本篇　丸谷才一

読めば書店に走りたくなる最高の読書案内。小説からエッセー、詩歌、批評まで、丸谷書評の精髄を集めた魅惑の20世紀図書館。（湯川豊）

快楽としてのミステリー　丸谷才一

ホームズ、007、マーロウ――探偵小説を愛読して半世紀、その楽しみを文芸批評とゴシップを駆使して自在に語る、文庫オリジナル。（三浦雅士）

みみずく偏書記　由良君美

才気煥発で博識、愛書家で古今東西の書物に通じた著者が、書狼に徹し書物を漁りながら、読書の醍醐味を多面的に物語る。（富山太佳夫）

みみずく古本市　由良君美

博覧強記で鋭敏な感性を持つ著者が古本市に並べるのは時を経てさらに評価を高めた逸品ぞろい。新刊書に飽き足らない読者への読書案内。（阿部公彦）

私の幸福論　福田恆存

この世は不平等だ。何と言おうと！　しかしあなたは幸福にならなければ……。平易な言葉で生きることの意味を説く刺激的な書。（中野翠）

開高健ベスト・エッセイ　開高健　小玉武編

文学から食、ヴェトナム戦争まで――おそるべき博覧強記と行動力。「生きて、書いて、ぶつかった」開高健の広大な世界を凝縮したエッセイを精選。

葡萄酒色の夜明け　開高健　小玉武編

旺盛な行動力と好奇心の赴くままに書き残された優れたエッセイを人物論、紀行文、酒食などに整理し、併せて貴重な書簡を収める。

人とこの世界

開高健

開高健が、自ら選んだ強烈な個性の持ち主たちと相対する。対話や作品論、人物描写を混和して描き出した「文章による肖像画集」。（佐野眞一）

書斎のポ・ト・フ

開高健／谷沢永一／向井敏

博覧強記の幼馴染三人が、庖丁さばきも鮮やかに古今東西の文学を料理しつくす。談論風発・快刀乱麻の驚きの文学鼎談。（山崎正和）

山口瞳 ベスト・エッセイ

山口瞳　小玉武 編

サラリーマン処世術から飲食、幸福と死まで。――幅広い話題の中に普遍的な人間観察眼が光る山口瞳の豊饒なエッセイ世界を一冊に凝縮した決定版。

吉行淳之介 ベスト・エッセイ

吉行淳之介　荻原魚雷 編

創作の秘密から、ダンディズムの条件まで。「文学」「男と女」「紳士」「人物」のテーマごとに厳選した、吉行淳之介の入門書にして決定版。（大竹聡）

色川武大・阿佐田哲也 ベスト・エッセイ

色川武大／阿佐田哲也　大庭萱朗 編

二つの名前を持つ作家のベスト。文学論、落語からタモリまでの芸能論、ジャズ、作家たちとの交流も。阿佐田哲也名の博打論も収録。（木村紅美）

田中小実昌 ベスト・エッセイ

田中小実昌　大庭萱朗 編

東大哲学科を中退し、バーテン、香具師などを転々とし、飄々とした作風とミステリー翻訳で知られるコミさんの厳選されたエッセイ集。（片岡義男）

殿山泰司 ベスト・エッセイ

殿山泰司　大庭萱朗 編

独自の文体と反骨精神で読者を魅了する性格俳優、故・殿山泰司の自伝エッセイ、撮影日記、ジャズ、政治評。未収録エッセイも多数！（戌井昭人）

井上ひさし ベスト・エッセイ

井上ひさし　井上ユリ 編

むずかしいことをやさしく……幅広い著作活動を続け、多岐にわたるエッセイを残した「言葉の魔術師」井上ひさしの作品を精選して贈る。（佐藤優）

ひと・ヒト・人

井上ひさし　井上ユリ 編

道元・漱石・賢治・菊池寛・司馬遼太郎・松本清張・渥美清・母……敬し、愛した人々とその作品を描きつくしたベスト・エッセイ集。（野田秀樹）

森毅 ベスト・エッセイ

森毅　池内紀 編

まちがったって、完璧じゃなくたって、人生は楽しい。稀代の数学者が放った教育・社会・歴史他様々なジャンルに亘るエッセイを厳選収録！

武士の娘　杉本鉞子　大岩美代訳

明治維新期に越後の家に生れ、厳格なしつけと礼儀作法を身につけた少女が開化期の息吹にふれて渡米、近代的女性となるまでの傑作自伝。

遺言　石牟礼道子　志村ふくみ

未曾有の大災害の後、言葉を交わしあうことを強く望んだ作家と染織家。新しいよみがえりを祈って紡いだ次世代へのメッセージ。（志村洋子／志村昌司）

わたしは驢馬に乗って下着をうりにゆきたい　鴨居羊子

新聞記者から下着デザイナーへ。斬新で夢のある下着を世に送り出し、下着ブームを巻き起こした女性起業家の悲喜こもごも。（近代ナリコ）

杉浦日向子ベスト・エッセイ　杉浦日向子

初期の単行本未収録作品から、若き晩年、自らの生と死を見つめた名篇までを、多彩な活躍をした人生の軌跡を辿るように集めた、最良のコレクション。

うつくしく、やさしく、おろかなり　杉浦日向子

生きることを楽しもうとしていた江戸人たち。彼らの紡ぎ出した文化にとことん惚れ込んだ著者がその思いの丈を綴った最後のラブレター。（松田哲夫）

記憶の絵　森茉莉

父鷗外と母の想い出、パリでの生活、日常のことなど、趣味嗜好をないまぜて語る、輝くばかりの感性と滋味あふれるエッセイ集。（中野翠）

ベスト・オブ・ドッキリチャンネル　森茉莉　中野翠編

週刊新潮に連載（79〜85年）し好評を博したテレビ評。一種独特の好悪感を持つ著者ならではのユーモアと毒舌をじっくりご堪能あれ。（中野翠）

紅茶と薔薇の日々　森茉莉　早川茉莉編

天皇陛下のお菓子に洋食店の味、庭に実る木苺……森鷗外の娘にして無類の食いしん坊、森茉莉が描く懐かしく愛おしい美味の世界。（辛酸なめ子）

私はそうは思わない　佐野洋子

佐野洋子は過激だ。ふつうの人が思うようには思わない。大胆で意表をついたまっすぐな発言をする。だから読後が気持ちいい。（群ようこ）

神も仏もありませぬ　佐野洋子

還暦……もう人生おりたかった。でも春のきざしの蕗の薹に感動する自分がいる。意味なく生きても人は幸せなのだ。第3回小林秀雄賞受賞。（長嶋康郎）

向田邦子ベスト・エッセイ　向田和子編

いまも人々に読み継がれている向田邦子。その随筆の中から、家族、食、生き物、こだわりの品、旅、仕事、私……、といったテーマで選ぶ。（角田光代）

向田邦子シナリオ集　向田邦子　向田和子編

いまも人々の胸に残る向田邦子のドラマ。「隣りの女」「七人の刑事」など、テレビ史上に残る名作、知られざる傑作をセレクト収録する。（平松洋子）

ラピスラズリ　山尾悠子

言葉の海が紡ぎだす、〈冬眠者〉と人形と、春の目覚めの物語。不世出の幻想小説家が20年の沈黙を破り発表した連作長篇。補筆改訂版。（千野帽子）

矢川澄子ベスト・エッセイ　妹たちへ　矢川澄子　早川茉莉編

澁澤龍彦の最初の夫人であり、孤高の感性と自由な知性の持ち主であった矢川澄子。その作品に様々な角度から光をあて織り上げる珠玉のアンソロジー。

増補　夢の遠近法　山尾悠子

「誰かが私に言ったのだ／世界は言葉でできていると」。誰も夢見たことのない世界が、ここではじめて言葉になった。新たに二篇を加えた増補決定版。

歪み真珠　山尾悠子

「歪み真珠」すなわちバロックの名に似つかわしい絢爛で緻密、洗練を極めた作品の数々。読んだらきっと虜になる美しい物語の世界へようこそ。（諏訪哲史）

沈黙博物館　小川洋子

「形見じゃ」老婆は言った。死の完結を阻止するために形見が盗まれる。死者が残した断片をめぐるやさしくスリリングな物語。（堀江敏幸）

図書館の神様　瀬尾まいこ

赴任した高校で思いがけず文芸部顧問になってしまった清（きよ）。そこでの出会いが、その後の人生を変えてゆく。鮮やかな青春小説。（山本幸久）

僕の明日を照らして　瀬尾まいこ

中2の隼太に新しい父が出来た。優しい父はしかしDVする父でもあった。この家族を失いたくない！隼太の闘いと成長の日々を描く。（岩宮恵子）

聖女伝説　多和田葉子

少女は聖人を産むことなく自身が聖人となれるのか？著者の代表作にして性と生と聖をめぐる少女小説の傑作がいま蘇る。書き下ろしの外伝を併録。

君は永遠にそいつらより若い　津村記久子
22歳処女。いや「女の童貞」と呼んでほしい——。日常の底に潜むうっすらとした悪意を独特の筆致で描く。第21回太宰治賞受賞作。（松浦理英子）

アレグリアとは仕事はできない　津村記久子
彼女はどうしようもない性悪だった。すぐ休み単純労働をバカにし男性社員に媚を売る。大型コピー機とミノベとの仁義なき戦い！（千野帽子）

冠・婚・葬・祭　中島京子
人生の節目に、起こったこと、出会ったひと、考えたこと。冠婚葬祭を切り口に、鮮やかな人生模様が描かれる。第143回直木賞作家の代表作。（瀧井朝世）

通天閣　西加奈子
このしょーもない世の中に、救いようのない人生に、ちょっぴり暖かい灯を点す驚きと感動の物語。第24回織田作之助賞大賞受賞作。（津村記久子）

おまじない　西加奈子
さまざまな人生の転機に思い悩む女性たちに、そっと寄り添ってくれる、珠玉の短編集、いよいよ文庫化！　巻末に長濱ねると著者の特別対談を収録。

虹色と幸運　柴崎友香
珠子、かおり、夏美。三〇代になった三人が、人に会い、おしゃべりし、いろいろ思う一年間。移りゆく季節の中で、日常の細部が輝く傑作。（江南亜美子）

とりつくしま　東直子
死んだ人に「とりつくしま係」が言う。モノになってこの世に戻れますよ。妻は夫のカップに弟子は先生の扇子になった。連作短篇集。（大竹昭子）

こちらあみ子　今村夏子
あみ子の純粋な行動が周囲の人々を否応なく変えていく。第26回太宰治賞、第24回三島由紀夫賞受賞作。書き下ろし「チズさん」収録。（町田康／穂村弘）

さようなら、オレンジ　岩城けい
オーストラリアに流れ着いた難民サリマ。言葉も不自由な彼女が、新しい生活を切り拓いてゆく。第29回太宰治賞受賞・第150回芥川賞候補作。（小野正嗣）

星か獣になる季節　最果タヒ
推しの地下アイドルが殺人容疑で逮捕!?　僕は同級生のイケメン森下と真相を探るが——。歪んだピュアネスが傷だらけで疾走する新世代の青春小説！

ちくま文庫

日本語で読むということ

二〇二二年二月十日 第一刷発行

著者 水村美苗（みずむら・みなえ）
発行者 喜入冬子
発行所 株式会社 筑摩書房
東京都台東区蔵前二―五―三 〒一一一―八七五五
電話番号 〇三―五六八七―二六〇一（代表）
装幀者 安野光雅
印刷所 明和印刷株式会社
製本所 株式会社積信堂

ISBN978-4-480-43801-0 C0195